Début d'une série de documents
en couleur

LE BLESSÉ
DE GRAVELOTTE

SUIVI D'AUTRES NOUVELLES

PAR

CHARLES DESLYS

NOUVELLE ÉDITION

Le blessé de Gravelotte. — La petite Reine.
Ce qu'on donne aux pauvres on le prête à Dieu.
La pièce de toile. — Drumette.
La Dent-du-Chat.

LIBRAIRIE BLÉRIOT
HENRI GAUTIER, Successeur
55, QUAI DES GRANDS-AUGUSTINS, 55
PARIS

Librairie BLÉRIOT, Henri GAUTIER, Succr

55, Quai des Grands-Augustins, PARIS.

DERNIÈRES NOUVEAUTÉS

Aigueperse (Mathilde). — *Le Choix de Maura*. 1 vol. in-12 . . . 3 »

— *Revanche*. 1 vol. in-12 . . . 3 »

Bister (Henry). — *Les Livres du professeur Richaume*. 1 vol. in-12. 3 »

Bazy (B. de). — *La Famille de Burgau*. 1 vol. in-12. . . . . 3 »

— *Sœur Petite*. 1 vol. in 12. . 3 »

— *La Conquête de Burgau-House*. 1 vol. in-12 . . . . . . 3 »

— *Mademoiselle*. 1 vol. in-12 . 3 »

Champol. — *Sophie ma plus jeune*. 1 vol. in-12 . . . . . . 3 »

— *Le Roman d'un Égoïste*. 1 vol. in-12 . . . . . . 3 »

— *L'Homme Blanc*. 1 vol. in-12. 3 »

— *Le Droit d'Aînesse*. 1 v. in-12. 3 »

Coulomb (Jeanne de). — *Le Mari de Nadalette*. 1 vol. in-12 . . . 3 »

Cox (Edmond). — *L'une et l'autre*. 1 vol. in-12 . . . . . . 2 »

Croisy (Rémy de). — *Christian*. 1 vol. in-12 . . . . 2 »

Dombre (Roger). — *Cousine Bas-Bleu* 1 vol. in-12 . . . . . 2 »

— *Le Cheveu de mon existence*. 1 vol. in-12 . . . . 3 »

— *Pas Banale*. 1 vol. in-12 . . 2 »

— *Au Vert*. 1 vol. in-12 . . . 2 »

Donal (Mario). — *Le Chemin de la Foi*. 1 vol. in-12 . . . . . 2 »

Drault (Jean). — *Le Nez de Flairdecoin*. 1 vol. in-12, caricatures de Charly . . . . 3 »

— *La Course au Chapeau*. 1 vol. in-12, caricatures de Charly . . . 3 »

Drault (Jean). — *Les Treize jours de Bidouille*. 1 vol. in-12, nombreuses caricatures de Charly . . . 3 »

Du Campfranc (M.). — *Vaillante Épée* 1 vol. in-12 . . . . . 3 »

— *Colibri*. 1 vol. in-12 . . . 3 »

— *Les Cantiques d'Yvon*. 1 volume in-12 . . . . 3 »

Frank (Étienne). — *La Fin d'un Conte*. 1 vol. in-12 . . . . . . 2 »

Hauterive (M. d'). — *Notre Cousine Mine d'Or*. 1 vol. in-12. . . 3 »

— *Filleule de Prince*. 1 v. in-12. 3 »

Magus. — *Le Magicien amateur*. Un beau volume in-8°, avec nombreux dessins et figures dans le texte, broché . . . . 4 »

Relié toile rouge, tr. dorées, fers spéciaux. . . . . 6»

Maryan (M.) — *Odette*. 1 volume in-12 . . . . 3 »

— *Les Chemins de la Vie*. 1 volume in-12 . . . . 3 »

— *Annunziata*. 1 vol. in-12. . 3 »

— *Marcia de Leubly*. 1 volume in-12 . . . . 3 »

Meunier (E.) — *Un Coup de tête*. 1 vol. in-12 . . . . . . 2 »

Ricault d'Héricault (Ch.). — *Liévin, Liévinette*. 1 vol. in-12 . 3 »

Rochay (J. de). — *Les Souliers de la comtesse Lora*. 1 vol. in-12. . 2 »

Sérurier (Mme la Comtesse). — *Les Épreuves de Rosy*. 1 vol. in-12. 2 »

Todi (Roger de). *Les Griffes de Sa*... 1 vol. in-12 . . . . . . 3 »

Beaugency. — Imp. J. Laffray.

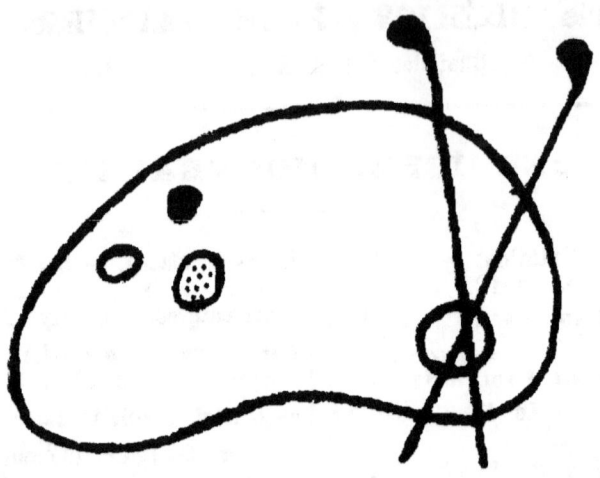

Fin d'une série de documents
en couleur

LE BLESSÉ DE GRAVELOTTE

DU MÊME AUTEUR

La balle d'Iéna, suivie d'autres nouvelles, 4ᵉ édition. 1 vol. in-12. Prix . . . . 2 fr.

Maitre Guillaume, 6ᵉ édition. 1 vol. in 12. Prix . . . . 2 f.

Beaugency. — Imp. Lacroy.

LE BLESSÉ
DE GRAVELOTTE

SUIVI D'AUTRES NOUVELLES

PAR

CHARLES DESLYS

NOUVELLE ÉDITION

Le blessé de Gravelotte. — La petite Reine.
Ce qu'on donne aux pauvres on le prête à Dieu.
La pièce de toile. — Drumette.
La Dent-du-Chat.

LIBRAIRIE BLÉRIOT
HENRI GAUTIER, Successeur
55, QUAI DES GRANDS-AUGUSTINS, 55
PARIS

LE BLESSE

DE GRAVELOTTE

I

Rien de pittoresque comme une excursion de Saint-Brieuc à Binic, Tréguier, Paimpol et autres petits ports de cabotage ou de pêche, qui conservent encore de no-jours leur bonne vieille physionomie bretonne.

C'est le chemin de la côte. Tantôt il borde le sable des grèves; tantôt, coupant en droite ligne quelque promontoire, il traverse des bois, des prairies, des rochers et landes sauvages où parfois se dresse un menhir, un dolmen.

Diligences et pataches ne manquent pas sur cette route; mais les deux voyageurs dont nous commençons l'histoire étaient sans doute trop pauvres pour s'en être permis la dépense. Ils allaient à pied.

Le pays leur semblait inconnu : tout en eux révélait

la curiosité, l'étonnement : certains détails permettaient même de supposer qu'ils venaient de très-loin, peut-être du midi de la France.

L'un d'eux était un vieillard ; l'autre une jeune fille.

Elle paraissait avoir dix-huit ans, Elle était svelte, enjouée. Toute la fraîcheur de son printemps, des traits délicats, de grands yeux noirs et de beaux cheveux blonds où, comme à plaisir, les derniers rayons d'un soleil d'été allumaient en ce moment des reflets d'or.

La brise du soir s'y jouait librement, car la jeune voyageuse, n'ayant plus à se garantir des ardeurs du jour, avait rejeté en arrière, sur les épaules, son petit chapeau de paille brune. La robe, ou plutôt le costume était d'une coupe élégante dans sa simplicité. Un manteau, roulé dans sa double courroie, pendait à la ceinture. La jupe, un peu courte, permettait de deviner, sous la bottine à forte semelle, un pied digne de Cendrillon. Les mains étaient à l'avenant.

Dans sa démarche, dans ses moindres mouvements, il y avait de la grâce, une sorte de distinction naturelle ; sur sa physionomie expressive, le charme de la virginité, un air à la fois timide et résolu qui faisait plaisir à voir.

Si parfois elle quittait un instant son compagnon, pour cueillir une fleur dans la haie, pour grimper sur quelque hauteur d'où son regard espérait un plus vaste horizon, au premier appel, elle revenait, elle accourait, docile et souriante :

— Me voici!... grand-père, me voici!... ne vous inquiétez pas de moi,.. Bon courage !

— J'en ai!... répondait-il, et des jambes aussi !... N'y va-t-il pas de ton bonheur, fillette ?

Et gaiment, après une caresse, il se remettait en chemin.

C'était, pour le moins, un septuagénaire, mais alerte encore et jeune de cœur. Resté fidèle à la culotte de velours, il avait pour coiffure un grand feutre aux bords relevés en pointe sur le devant. Pour tout bagage, un havre-sac à l'ancienne mode. Sa longue veste provençale, le bâton formant la crosse sur lequel il s'appuyait en marchant, sa figure austère et douce, ses cheveux blancs comme neige, lui donnaient un air si patriarcal que tous ceux que l'on rencontrait, après l'avoir regardé venir, le saluaient au passage.

Cependant, au sommet d'une côte, il manifesta quelques signes de fatigue et, désignant un tronc d'arbre renversé sur le bord de la route :

— Reposons-nous, dit-il, ma mignonne... et tenons conseil...

Elle s'empressa de le faire asseoir. Puis, après avoir essuyé la sueur qui perlait au front du vieillard, elle lui dit avec un baiser :

— Pauvre grand-père !... Mais c'est que le voilà tout haletant... Ah ! je m'en veux d'avoir consenti à ce que nous achevions ainsi notre voyage !

— Eh ! répliqua le bonhomme, il le fallait bien, puisque notre boursicot s'est épuisé aux guichets du chemin de fer... Un trajet comme celui-là coûte gros... Plus de trois cents lieues, fillette !... Aussi ce matin, en débarquant à Saint-Brieuc, nous avons eu beau fouiller dans nos poches... Le prix de la voiture ne s'y trouvait pas.

— J'aurais pu vendre ma croix d'or, observa la jeune fille.

— Jamais !... se récria le vieillard, je n'ai pas voulu,

moi... Oh!... mais non!... Et cependant, ma Jeannette, c'est pour toi surtout que cette dernière doit être pénible...

— Dites donc charmante! enivrante! l'interrompit-elle. Un si beau pays... et si différent du nôtre, où l'on ne voit guère que des montagnes arides!... Ici, tout est vert, tout est riant!... Des prairies émaillées de fleurs... Des feuillages où chantent à la fois les oiseaux et les ruisseaux!... Sans cesse de nouvelles surprises!... Et ce matin donc, la grande!...

— Quelle grande surprise donc, fillette?

— Quoi! vous ne vous en souvenez plus, grand-père?.. Il me semble, moi, que j'y suis toujours... Nous sortions d'un bois; sur notre droite s'étendaient à perte de vue des monticules tapissés de genêts et de bruyères... Une brise étrange venait de par là, qui nous rafraîchissait le front, mais en desséchant mes lèvres... J'y passe la langue, c'était salé? Le vent soufflait plus fort. Il s'y mêlait un bruit inconnu, comme des mugissements... Quelque chose m'attirait... Je cours... je gravis dans les ajoncs une dernière butte de sable... Ah!... plus rien que le ciel et l'eau!... De grandes vagues vertes et de l'écume... Dieu! ô mon Dieu! que c'était beau! que c'était grand!... L'immensité!... la mer!...

Jeannette s'était redressée, s'était retournée vers l'occident. L'enthousiasme brillait dans son regard.

— La mer! poursuivit-elle, oh!..: je ne puis en rassasier mes yeux... Mais regardez-la donc! Regardez!...

Du sommet où s'étaient arrêtés nos deux voyageurs, on dominait l'Océan. L'astre du jour venait de disparaître, laissant après lui, sur les vagues frémissantes, un long ruissellement de lumière. L'horizon semblait en feu. Plus haut, plus loin, c'était de la pourpre et de l'or, des teintes se dégradant depuis le violet foncé jusqu'au vert pâle, toutes les merveilleuses harmonies d'un splendide coucher de soleil.

Au zénith, dans l'azur assombri déjà, naviguaient quelques petits nuages roses. A l'est. les premières étoiles s'allumaient, Sur la terre planait ce calme envahissant, ce recueillement mystérieux de la nature qui s'endort.

Le grand-père eut, comme sa petite-fille, une longue et silencieuse admiration. Puis il lui dit :

— Tu avais raison mon enfant ; jamais je n'ai mieux senti que ce soir la toute-puissante majesté du Créateur. Mais il n'en est pas moins vrai que voici la nuit... nous ne pouvons arriver que demain. Où trouver un asile?

— Bah!... fit-elle, à tout prendre, il y a des meules de foin dans les prés...

— Y songes-tu, fillette!... à la belle étoile !...

— Sous le regard de Dieu, grand-père... Il me semble que cela nous porterait bonheur !...

Mais le vieillard ne renonçait pas à l'espoir d'atteindre une auberge, une ferme, où, moyennant le peu qui leur restait d'argent, ils obtiendraient l'hospitalité.

— Allons! conclut-il, en route !

Sa jeune compagne l'arrêta du geste :

— Reposez-vous encore un instant, grand-père !... Attendons que la lune nous éclaire le chemin... On est si bien ici pour causer... Causons...

Elle avait appuyé sa blonde tête sur l'épaule du vieillard; elle le regardait d'un air câlin.

— Oh! oh! fit-il, je lis dans ces yeux-là qu'ils ont à me demander quelque chose...

— Oui!...

— Quoi donc?

— Vous le savez bien, grand-père!

— Dis toujours... pour voir si j'ai deviné juste...

Elle lui prit les deux mains, elle lui demanda :

— Ne m'apprendrez-vous pas, enfin, le secret de notre voyage?

— Ce secret, répondit-il gravement, tu le connaîtras demain.

Et comme elle semblait vouloir insister :

— Ah! tu m'avais bien promis de ne plus m'interroger à ce sujet!

— D'accord, grand-père! mais soyez juste... quand il a fallu quitter le pays, la maison, vous m'avez dit : « Ne t'afflige pas... espère!... c'est vers le bonheur, c'est vers la fortune que je te conduis... »

— En effet! reconnut le vieillard, et cette assurance, je te la renouvelle encore...

— Mais sans vous expliquer davantage... et moi, naturellement, je désirerais savoir, comprendre...

— Tu comprendras quand nous serons arrivés, fillette!

— Quoi! pas avant?

— Pas avant! Mais c'est demain! Demain les rêves les plus chers se réaliseront... Un changement complet dans ta destinée. Je t'en donne ma parole... et tu dois y croire ainsi qu'à mon affection pour toi.

— Assurément, grand-père. Oh! j'ai confiance!

— Eh! s'il en est ainsi, patience donc, curieuse!

— Curieuse... non; mais cependant, et vous le reconnaissiez tout à l'heure vous-même, il y va de tout mon avenir. Voyons, ce mystère n'a-t-il pas assez duré? Le terme du voyage est proche.

— Hélas!... oui... soupira le vieillard.

Et, de même que le jour à l'horizon, le sourire s'était éteint sur ses lèvres.

Ce changement frappa la jeune fille.

— Comme vous avez dit cela, grand-père! murmurat-elle. Il semble qu'au moment de toucher le but, vous appréhendiez un chagrin?...

— Qui sait! répondit-il en se laissant aller à cette tristesse, ce qui fait la joie des uns cause parfois la douleur des autres... Ainsi va le monde, mon enfant!... C'est peut-être la dernière soirée que nous passons ensemble...

Jeanne se récria vivement :

— Mais vous n'y songez pas, grand-père! Quoi!... si votre espoir se réalisait, il faudrait donc nous séparer?

— Pour ton bonheur... peut-être!

— Jamais! déclara-t-elle résolûment, jamais! Je n'ai connu ni mon père ni ma mère... C'est vous qui m'avez recueillie, élevée, aimée. Vous êtes toute ma famille, et je vous aime! Si mon bonheur n'est possible qu'aux dépens du vôtre, inutile d'aller plus loin, nous pouvons retourner chez nous!

Le vieillard à son tour l'embrassa.

— Calme-toi, bon petit cœur!... dit-il, on verra!...

Puis, trop ému pour ajouter une parole, et jusqu'au bout voulant garder son secret, il reprit le bâton de voyage que lui refusait la jeune fille, et, par une douce violence, il obtint qu'elle le suivit.

II

Avant d'aller plus loin, quelques explications nous semblent devenues nécessaires touchant nos deux voyageurs.

Le vieillard se nommait Claude Lefebvre, ou plus communément le père Claude.

Il avait été, pendant trente cinq ans, maître d'école dans une petite commune du département du Gard, presque aux portes d'Alais.

C'est une rude profession, dans laquelle on ne s'enrichit guère, surtout en France. A cette époque, les instituteurs étaient encore moins rétribués qu'ils ne le sont aujourd'hui.

Le bonhomme Lefebvre vécut donc pauvre, mais satisfait de sa destinée. C'était par vocation qu'il avait embrassé la carrière de l'enseignement; il était sobre et chrétien, il n'avait qu'une fille.

Cette fille, venue sur le tard, était l'idole de ses parents. Ils s'appliquèrent, la mère comme le père, à l'élever du mieux qu'il leur fut possible. Tout leur espoir était d'en faire une honnête femme. Malheureusement, par excès de tendresse, ils l'avaient peut-être un peu trop gâtée.

Madeleine, en grandissant, devint coquette, volontaire, ambitieuse. On la vit dédaigner quelques braves cultivateurs qui demandèrent sa main. Des paysans!... Fi donc!... Elle finit par manifester une préférence pour

le contre-maître d'une grande fabrique. Il sortait de
l'école d'Aix. Presque un ingénieur !...

La vallée d'Alais, où semblent s'être concentrées
toutes les richesses houillères et métallurgiques du
versant méridional des Cévennes, est très-prospère
aussi sous le rapport industriel. On y trouve des mines
et des usines de toutes sortes. C'est une magnifique
arène où les audacieux, les habiles peuvent espérer de
promptes victoires. Pourquoi Martial Arnoux, le pré-
tendu de Madeleine, ne serait-il pas de ceux-là? Il était
de Marseille, et c'est chose connue que la fortune sou-
rit tout spécialement aux Marseillais. On n'en doute pas
sur la Cannebière.

D'autre part, cependant, le beau contre-maître avait
assez mauvaise réputation. Une jeunesse orageuse, et
surtout la passion du jeu, ce vice de notre Midi...
grandes et petites villes.

Avertis par un secret instinct, les vieux parents résis-
tèrent. Mais il leur fallut céder à Madeleine, qui s'obs-
tina quand même à devenir madame Arnoux.

Les commencements de cette union parurent démentir
ces fâcheux présages. Puis le mari se laissa reprendre au
fatal entraînement du tapis vert. Il perdit des sommes
considérables pour sa position, s'acharna contre la
mauvaise chance, et, pour s'en consoler, recourut à la
débauche. On le renvoya de sa place. Ce fut la misère...

Vainement le père et la mère Lefebvre hasardèrent
quelques observations, quelques conseils. Leur gendre
les reçut fort mal, et finit par leur interdire sa demeure.
Madeleine avait pris parti pour son mari. « On ne lui
reprocherait rien s'il avait gagné! » disait-elle.

1.

L'ambition déçue, les cruelles épreuves de cette malheureuse femme aigrissaient singulièrement son caractère. On devinait en elle la rage d'avoir manqué sa vie, une sourde haine contre tous ceux qui, par le travail et la conduite, arrivaient à la fortune ou du moins savaient la conserver. N'est-ce pas, hélas! un des travers de notre siècle.

Ce ménage devint un enfer. Gros chagrins pour les vieux parents, qui ne voyaient plus même leur fille. Ce fut par des étrangers qu'ils apprirent que Martial, à bout d'expédients, perdu de dettes et peut-être menacé pour des méfaits plus graves, s'était enfin expatrié, en abandonnant sa jeune femme, qui venait de le rendre père.

Ils accoururent. Porte et fenêtres, tout était clos. Maison déserte.

Mais il ne fallait pas en augurer un nouveau malheur. Bien au contraire, c'était par une sorte de bonne fortune arrivée tout à point à l'heure de la détresse.

L'un des propriétaires de l'usine venait de perdre sa femme, morte en couches, et madame Arnoux était installée chez lui, dans des conditions tout exceptionnelles, comme nourrice de l'enfant sans mère.

Le père, établi temporairement aux environs d'Alais, se nommait le comte de Trévelec. Un gentilhomme breton. Marié depuis une année à peine, il adorait la jeune comtesse; il devint comme fou de la douleur de l'avoir perdue. Aussitôt après l'arrivée de Madeleine, il s'était enfui, il avait disparu, la laissant avec les deux enfants, presque seule dans sa demeure.

Ce fut là que ses parents la retrouvèrent, mais vieillie de dix ans, méconnaissable. Un feu sombre brillait dans

son regard. A peine parut-elle s'émouvoir de leurs con-
solations, de leurs amitiés; à peine leur permit-elle
d'entrevoir les deux petites filles, qui sommeillaient
ensemble dans le même berceau.

— Je n'ai besoin de rien, répéta-t-elle à plusieurs
reprises. Ne revenez pas... J'irai vous voir...

Des semaines, des nuits s'écoulèrent sans que cette
promesse se réalisât. Un soir, enfin, triste soir d'hiver,
où le mistral faisait rage autour de l'école, une voiture
s'arrête devant la porte... une femme en descend...
C'est Madeleine qui tient un enfant caché sous son manteau.

Elle est pâle enfiévrée, étrange.

— Ma mère, dit-elle, je pars pour Paris, où M. de
Trévelec promet de me sortir de peine... Il redemande
sa fille, il souhaite que ce soit moi qui l'élève... Je ne
puis pas les emporter toutes les deux. Voulez-vous me
garder la mienne?

Avec empressement, la mère Lefebvre accepta.

— Mais toi, demanda-t-elle, quand reviendras-tu?

— Qui sait! répondit Madeleine.

Et, sans avoir embrassé ni sa mère ni sa fille, elle se
hâta de remonter dans la voiture où celle du comte
était restée, elle s'éloigna. On eût dit qu'elle s'enfuyait.

— Ah! fit le père Claude d'un ton navré, comme le
malheur nous l'a changée!.. Elle n'a plus de cœur!

. . . .

Durant la première année, Madeleine écrivit deux
fois. Elle semblait satisfaite de vivre à Paris, dans une
maison opulente. « Je ne reviendrai au pays, disait-elle,

que lorsqu'on ne pourra plus y rire de mon humiliation. »

Peut-être espérait-elle le retour de son mari, et qu'il aurait refait fortune.

Disons-le de suite, afin de ne plus avoir à revenir sur ce triste personnage, il ne devait jamais reparaître.

Il en fut de même de Madeleine, ses lettres devinrent plus rares. Elles finirent par cesser. Des années s'écoulèrent sans qu'on entendit reparler d'elle.

Que devenait la pauvre petite délaissée, l'orpheline? Elle était élevée, elle grandissait dans la maison de l'instituteur, qui la considérait comme sa propre fille. Quant à la mère Lefebvre, elle disait : « Le démon nous avait repris notre enfant, le bon Dieu nous l'a rendue! » Et pour sa chère Jeanne, — car c'est de Jeanne qu'il s'agit, — la digne femme se refaisait jeune...jeune de cette seconde maternité qui refleurit au cœur des grand'mères!

Jeanne ne souffrit donc pas de son abandon. Elle fut aimée, choyée, plus encore que ne l'avait été Madeleine. Seulement n ne la gâta pas, celle-là. Si le père Claude lui apprit tout ce qu'il savait, il s'appliqua surtout à lui communiquer cette précieuse vertu qu'il possédait lui-même, et qui consiste à savoir se contenter de peu, à placer son bonheur dans la satisfaction du devoir accompli. Jeanne, d'ailleurs, avait un excellent naturel. Simple et modeste, intelligente et douce, elle était la joie de ses vieux parents.

— Celle-là, se disaient-ils, elle ne causera jamais de chagrin à personne!

Tout ce petit monde vivait donc heureux... Sauf un

grave souci, celui de l'avenir. Le bonhomme Lefebvre et sa femme prenaient de l'âge. Après eux, que deviendrait Jeanne!

A force d'y songer, on eut une inspiration. C'était vers l'époque de la première communion de l'enfant. On venait de s'apercevoir qu'elle n'avait pas même été baptisée. Ne pouvait-on pas lui trouver une marraine, un parrain, qui remplaceraient un jour le père et la mère qu'elle n'avait plus?

Non loin du village, s'élevait la maison de campagne d'une dame d'Alais, Mme Désaubray, veuve d'un colonel d'artillerie. Son fils unique, avant d'entrer au collége, avait reçu ses premières leçons du père Claude, et même plus tard, pendant les vacances des classes élémentaires, il était parfois revenu lui demander des conseils. Il achevait en ce moment ses études à l'École polytechnique.

Un soir, le bonhomme Lefebvre endossa sa grande veste provençale, et se rendit chez la veuve du colonel.

Elle et son fils avaient souvent témoigné au vieil instituteur plus que de l'estime, presque de l'amitié.

Après qu'il lui eut exposé son souci:

— Madame, conclut-il, si vous étiez assez bonne pour m'autoriser à demander à monsieur Bernard d'être le parrain de Jeanne... je crois être certain qu'il ne me refuserait pas... Et, sans compter l'honneur, nous vieillirions plus tranquilles.

Non seulement Mme Désaubray consentit au nom de son fils, mais elle s'offrit elle-même comme marraine.

A quelque temps de là, le congé de Pâques amena Bernard Désaubray.

Ce fut une cérémonie touchante.

La marraine était une de ces femmes dont la position, le caractère et la charité commandent le respect.

Jeanne entrait à peine dans sa onzième année. Impossible d'imaginer une plus intéressante et plus gentille filleule.

Quant à Bernard, il avait revêtu son grand uniforme de polytechnicien.

Qui ne l'aime, cet uniforme, et ceux aussi qu'il recouvre ! Un travail assidu, l'étude des sciences exactes les a mûris avant l'âge, mais sans rien leur enlever du charme et de la poésie de leurs vingt ans. Bien au contraire, ils ont été préservés de cette déflorescence précoce qui trop souvent flétrit la jeunesse oisive. Par la physionomie, ce sont encore des adolescents ; par le savoir et par une certaine gravité qui leur sied bien, déjà ce sont des hommes.

En sortant de l'église, Bernard prit les deux mains de sa filleule, et lui dit avec émotion :

— Jeanne... ce n'est pas un engagement banal que je viens de contracter vis-à-vis de toi... Me voici ton parrain... c'est-à-dire ton second père...

Et, sur un de ces regards qui ne s'oublient pas, on s'était séparé.

Quelques mois plus tard, Claude Lefebvre reçut une lettre cachetée de noir.

III

Le père Claude avait reconnu l'écriture de Madeleine.

Pressentant une triste nouvelle, il monta dans sa

chambre, il s'y renferma pour briser le cachet de deuil.

Une seconde enveloppe, également close, était contenue dans la première. Entre les deux, il y avait quelques billets de banque, une lettre.

« Mon père, écrivait Madeleine, je vous adresse mes économies de dix ans : c'est l'héritage de ma fille.

« Quand ce dépôt vous arrivera, je ne serai plus. Je me sens atteinte d'un mal dont on ne guérit pas.

« Pardonnez-moi, vous et ma mère, les chagrins que je vous ai causés. Ne me jugez pas trop sévèrement... Il y avait dans ma vie un secret.

« Ce secret est renfermé sous la seconde enveloppe. Ne l'ouvrez que le jour où la petite aurait besoin d'une protection, d'une fortune.

« Alors, seulement, apprenez tout, mon père ; et, suivant que conseillera votre conscience, agissez. »

. . . .

Quelque étrange que lui semblât ce testament, Claude Lefebvre résolut de se conformer au dernier vœu de la mourante.

Il mit sous clef la mystérieuse enveloppe, et n'apprit à sa femme que ce qu'elle devait savoir.

Les deux vieillards eurent un long entretien, qui ne fut pas sans larmes. En dépit de tous ses torts, Madeleine n'était-elle pas leur fille ?

Puis, ayant appelé Jeanne, ils lui dirent :

— Il faut prendre le deuil, mon enfant, tu n'as plus de mère !

Sa mère !... elle ne l'avait pas connue. Ses souvenirs ne lui en rappelaient pas même une vague image, une caresse.

Mais il y a quelque chose de si doux et de si tenace au cœur dans ce nom de mère, que la pauvre abandonnée se croyait certaine de la revoir un jour et de s'en faire aimer. Ce fut surtout la perte de cette espérance qu'elle pleura.

Une bien autre douleur l'attendait :

La mort de sa grand'mère Lefebvre.

Rude épreuve pour le vieux Claude! Ses soixante-cinq ans, si vertement portés jusqu'alors, l'accablèrent tout à coup. Il lui fallut prendre sa retraite.

Une retraite de maître d'école. Quelque chose comme cinquante écus de rente!

D'après le conseil de Mme Désaubray, le bonhomme Lefebvre vint habiter Alais. Il y pouvait espérer quelques leçons, quelques travaux d'écrivain public. Jeanne, d'ailleurs, était une habile couturière. Tout en administrant le ménage de son grand-père, — et Dieu sait quelle bonne petite ménagère c'était déjà! — elle travaillerait de son aiguille, elle irait en journée dans les premières maisons de la ville.

Sa marraine l'avait recommandée partout; elle était sa meilleure cliente. Deux fois par semaine, même au pavillon d'été, — car la voiture venait la prendre et la ramenait le soir, — Jeanne allait chez la veuve du colonel. Elle s'y voyait traitée comme l'enfant de la maison.

Qui ne se fût attaché à l'orpheline! Elle était si reconnaissante, si laborieuse, et, ce qui ne gâte rien, elle devenait si gracieuse!... Mme Désaubray, qui vivait presque seule, avait ses heures de tristesse. Elle se fit une douce habitude de causer avec sa filleule ; elle se plut à compléter son éducation. Il y avait là un piano qui ne s'ouvrait plus que bien rarement. On le remit en état pour Jeanne ; et, comme l'intelligente écolière était stimulée par un vif désir de satisfaire sa maitresse, elle fit des progrès rapides.

Pendant ce temps, le jeune parrain courait le monde. Au sortir de l'École d'application de Metz, il avait débuté dans la carrière militaire par la campagne d'Italie. Il en revint lieutenant... et dans l'artillerie, comme son père.

On ne le voyait qu'aux rares intervalles des congés. Il avait toujours quelques bonnes paroles, un compliment, un cadeau pour sa filleule. Mais ce n'était encore qu'une enfant. Il la considérait comme une sœur.

Quant à Jeanne, chacune de ces visites renouvelait dans son âme les profondes émotions de la journée du baptème. Le plus beau, le plus généreux des hommes, c'était pour elle son parrain Bernard.

Arriva l'expédition du Mexique. Le lieutenant Désaubray partit des premiers. Cette fois ce devait être une longue absence.

Elle se prolongea d'une maladie, la fièvre des Terres-Chaudes, qui contraignit le capitaine, — il revenait capitaine, — à s'arrêter plus de six mois en Amérique.

Enfin, il revit la France; il accourut, sans même prévenir sa mère, qu'il voulait surprendre.

Ce fut au jardin, par une riante matinée d'avril.

Il s'avança sans bruit derrière elle, il la saisit tout à coup dans ses bras.

Je laisse à penser quelle joie, quelles caresses!

Mme Désaubray ne pouvait se lasser de regarder son fils.

Il avait maigri, bruni. Quelque chose de plus grave et de plus doux à la fois se lisait dans son regard, dans son sourire. On devinait en lui un tout autre homme.

— Mon pauvre enfant !... murmura la veuve, comme tu as souffert !

— Souffert !... non pas, puisque me voilà ! répondit-il avec gaieté. Lorsqu'on revient de si loin, lorsqu'on a vu la mort de si près, le cœur renouvelé bat comme à vingt ans. Tout le charme et l'émeut. Je sens s'épanouir en moi comme une seconde jeunesse.

Cette scène fut interrompue par un bruit de piano qui venait de la maison.

Bernard parut étonné.

— C'est Jeanne ! expliqua Mme Désaubray.

— Quoi ! ma filleule ?

Puis, après avoir un instant prêté l'oreille :

— Pas mal ! dit le capitaine. Ah ! voilà qui est tout à fait bien... Du goût !... de l'âme !

On se dirigea vers le salon.

Au bruit de la porte qui s'ouvrait, Jeanne s'était retournée. Elle reconnut Bernard et se redressa vivement.

— Mon parrain !

Il était parti depuis plus de trois ans ; il s'attendait' retrouver une fillette, et c'était une jeune fille accomplie qui s'offrait à ses regards.

Un rayon de soleil, un rayon matinal, arrivant par la fenêtre ouverte sur le jardin, la mettait en pleine lumière. Son émotion, sa joie la rendaient encore plus charmante.

Tout d'abord, le jeune capitaine resta muet de surprise, puis il embrassa sa filleule et, par des compliments, manifesta sa franche admiration :

— Mais que je te regarde encore, mon enfant !... Sais-tu bien que te voilà devenue belle comme une madone !... Un artiste, ayant à peindre le Printemps, te choisirait pour modèle !

Et, malgré les signes de sa mère, il continua sur le même ton. Jeanne écoutait, toute rougissante de plaisir. L'épreuve de l'absence n'avait fait que lui rendre plus cher encore le souvenir de son parrain. Et c'était peut-être la faute de Mme Désaubray elle-même. Dans ses longues causeries avec Jeanne, sans cesse elle lui parlait de l'absent.

Toutes les lettres arrivant du Mexique, elle les lui lisait, s'attachant à prouver que son fils était le plus brave et le meilleur qu'il y eût sous le ciel.

Pour la mère, pour la filleule et le parrain, cette première journée du retour fut un enchantement. Le soir, après la départ de Jeanne, sa beauté, sa grâce, revinrent plus d'une fois à la mémoire du jeune officier. Il en gardait évidemment une vive impression.

Dès le lendemain, il alla rendre visite au père Claude. Jeanne ne se trouvait pas au logis. De quoi parler, si ce n'était d'elle ?

Le vieillard profita largement de cette occasion pour faire l'éloge de sa petite-fille. Avec la verve méridionale, il en racontait mille choses naïves, mais charmantes. C'était un ange.... une fée.... un cœur d'or.... la *pitchotte !*

Elle parut, égayant, éclairant pour ainsi dire, par sa présence, ce modeste intérieur. Sur la prière du visiteur, elle agit comme s'il n'était pas là. Sa simplicité, sa cordialité, son empressement et ses tendresses envers le vieillard, tout attestait qu'il n'avait dit que la vérité.

Bernard s'en revint tout pensif.

Son congé était de six mois. Congé de convalescence. Il le consacra tout entier à sa mère. *Les jours* de Jeanne, on le rencontrait rarement au dehors. Chaque repas les réunissait tous les trois à la même table. Si les deux femmes travaillaient ensemble à quelque ouvrage d'aiguille, le capitaine venait s'asseoir auprès d'elles, et l'on causait. Les vieux militaires ne sont pas les seuls qui se plaisent à raconter leurs campagnes. Puis, c'étaient les heures du piano.

Bernard avait voulu que les leçons fussent continuées. Excellent musicien lui même, il donnait des conseils ; ou, prêchant d'exemple, exécutait quelque chef-d'œuvre d'un grand maitre. A son tour, il devint le professeur de Jeanne. Ce fut en vain que la veuve du colonel hasarda quelques observations. « Bah ! répondait-il, est-ce qu'elle n'est pas ma filleule ? c'est comme si elle était ma fille ! »

On se laissait donc aller à cette douce intimité. La physionomie de l'orpheline, toute sa personne exprimait une profonde reconnaissance de cette double adoption. Pour Mme Désaubray, plus de solitude ; une vie nouvelle semblait l'avoir rajeunie. Quant à son fils, un véritable ravissement, des élans de folle jeunesse. Il l'étreignait alors dans ses bras, il lui disait avec un cri du cœur : « Ah ! mais que nous sommes donc heureux, ma mère ! »

Tout à coup, sans cause apparente, un changement complet s'opéra en lui. Il devint réservé, brusque et froid, surtout avec Jeanne... On eût dit que maintenant il l'évitait. Le jour du départ, il ne l'embrassa même pas. Il se contenta de lui serrer la main d'un air triste : « Adieu, Jeanne! »

— Mais qu'a-t-il donc! pensa-t-elle; est-ce que, sans le vouloir, je lui aurais causé de la peine? On dirait qu'il ne m'aime plus!

C'était tout le contraire. Mais, prévoyant les obstacles qui rendaient tout espoir irréalisable, il était parti, voulant oublier.

IV

La raison propose, mais le cœur dispose. Ce fut en vain que Bernard s'efforça d'écarter le souvenir de Jeanne; sans cesse ce souvenir revenait à sa pensée. Ni l'étude, ni le plaisir, rien ne pouvait l'en distraire. Il rechercha la solitude, il y vécut avec son rêve.

Une année plus tard, Mme Désaubray fit le voyage de Paris, où son fils se trouvait en garnison. Elle remarqua sa mélancolie et voulut en savoir la cause. Bernard était la franchise même, il lui confessa toute la vérité.

Grande fut la surprise de la veuve du colonel. Elle était si loin de s'attendre à cet aveu.

— Quoi! Jeanne!... est ce possible?...

— Ma mère, l'interrompit-il, ne me répondez pas encore... Toutes vos objections, je les pressens... je me les suis répétées cent fois... Oui, j'ai voulu me vaincre... Mais vous me voyez à bout de force... Ayez pitié de moi, ma mère!... Il ne s'agit pas d'un caprice qui passe, mais

d'un de ces sentiments profonds, absolus, d'où dépend
le bonheur de toute la vie. Vous aviez le désir de me
marier, n'est-ce pas? Je vous répondais : Non!... plus
tard!... attendant de rencontrer une femme telle que je
la rêvais. Le Ciel lui-même semble l'avoir placée sur
mon chemin... En connaissez-vous une plus digne de
devenir votre fille?

Mme Désaubray ne pouvait placer une parole. Tant de
sincérité, tant de résolution se lisaient dans le regard et
dans l'accent de son fils qu'elle en demeurait interdite,
épouvantée.

— Que pourriez-vous lui reprocher? poursuivit-il.
Sa naissance? Mais nous vivons dans un temps où le
mérite en tient lieu! Son éducation? Mais c'est vous-
même qui l'avez complétée, ma mère. Reste la question
d'argent, pas autre chose.

— Eh! c'est déjà beaucoup, se récria-t-elle enfin.
Oublies-tu que la loi militaire ne vous permet le mariage qu'à condition de justifier d'une dot en rapport
avec le grade?... et Jeanne ne l'a pas.

Mais le capitaine avait réponse à tout.

— Qu'à cela ne tienne! déclara-t-il résolûment, je
puis me créer dans l'industrie une position indépen-
dante.

Sa mère l'interrompit à son tour, et par un véritable
cri de douleur :

— Y songes-tu! Briser ta carrière!

— Nous sommes en temps de paix, répliqua-t-il, et
l'honneur ne défend pas qu'on cherche à se rendre utile
ailleurs que dans les rangs de l'armée. Voilà déjà six
mois que je m'y prépare en secret. Des travaux scienti-
fiques! Un grand espoir! Je suis sur la piste d'une dé-

couverte qui fera à la fois la fortune de mon pays et la mienne.

En effet, les jours suivants, il conduisit sa mère dans un laboratoire où toutes sortes d'alambics et de cornues, de préparations et de mécanismes attestaient l'ardeur de ses recherches.

Déjà la veuve du colonel avait compris qu'il ne fallait pas lutter, mais temporiser. C'était une excellente femme assurément, la meilleure des mères. Elle rendait justice à Jeanne et ne l'accusait pas. « C'est ma faute, après tout! » se disait-elle. Et sans le préjugé bourgeois, sans le préjugé militaire, peut-être se fût-elle laissé attendrir. Mais, dans la retraite, elle avait nourri de si hautes ambitions pour l'avenir de son fils... Y renoncer, jamais!

— Cette inclination qui me désole, lui demanda-t-elle, sais-tu si Jeanne la partage?

— Elle l'ignore! répondit-il, et pas un mot de moi ne troublera sa vie, jusqu'au jour où j'aurai votre consentement et ma liberté.

Cette loyale déclaration rassura, pour le moment du moins, Mme Désaubray. Elle promit de réfléchir, et voulut, en échange, que son fils s'engageât à de nouveaux efforts pour oublier.

— J'attendrai! conclut Bernard, mais n'exigez rien de plus, ma mère; souvenez-vous combien nous étions heureux, là-bas, tous les trois!

Sur ce dernier mot, on se sépara.

La veuve du colonel s'en retournait à Alais. Durant toute la route, elle songea. Sa bonté, sa droiture ne la préservaient pas d'une certaine diplomatie féminine. Elle résolut d'agir avec adresse, et de marier Jeanne au plus vite.

Quand ce serait fait, alors seulement Bernard en rece-
vrait la première nouvelle. Il souffrirait sans doute...
mais n'était-ce pas pour son bien ? Plus tard il en remer-
cierait sa mère.

Jeanne ne se doutait de rien. Un désir, une prière de
sa marraine, suffiraient pour la décider. S'il le fallait,
une franche explication. Mais ne valait-il pas mieux
qu'elle ne soupçonnât jamais la vérité?

Un mari des plus convenables se trouvait précisément
sous la main de Mme Désaubray. C'était le successeur
du père Claude, un jeune instituteur de bonne mine et
d'excellente conduite, qui paraissait fort épris de Jeanne.
Une seule considération l'avait jusqu'alors retenu : le peu
de fortune qu'il pouvait offrir. Mais la veuve du colonel
ne reculait pas devant un sacrifice. C'était bien le moins
qu'elle payât les frais de la guerre.

En conséquence, aussitôt son retour, elle fit appeler
ce pauvre garçon sous un prétexte quelconque, et sans
peine en obtint l'aveu, l'autorisation qu'elle espérait.
Après quoi, munie de ses pleins pouvoirs, elle s'en alla
faire la demande.

Jeanne refusa.

Insistances de Mme Désaubray... Mais c'est un bon
parti... Tu vas sur tes vingt ans... Il faut aimer qui nous
aime.

Aveuglée par l'égoïsme maternel, la veuve du colonel
ne songeait pas que ce dernier argument, tout à l'heure
peut-être, allait se retourner contre elle.

La jeune fille l'écoutait avec déférence, mais sans se
laisser convaincre. Un peu étonnée, souriant de son beau
sourire, elle lui répondait :

— Mais, pour se marier, ma marraine, il faut que le

cœur vous y pousse... et le mien n'y songe même pas...
Il me conseille de rester comme je suis, heureuse et tranquille, avec mon grand-père...

Le bonhomme Claude était là. Il ne disait mot, mais
il regardait attentivement sa petite-fille.

Mᵐᵉ Désaubray ne se tint pas pour battue.

— Voyons! reprit-elle, je t'en prie...

— Oh! l'interrompit Jeanne. Oh! marraine, ne faites
pas cela... Vous me donneriez le chagrin de ne pouvoir
vous satisfaire.

Presque involontairement la veuve du colonel s'écria:

— Et s'il s'agissait de nous rendre service... un grand
service?...

— A vous, marraine? Ah! mais, parlez alors, parlez
vite.

L'explication devenait nécessaire.

— Apprends donc, répondit en hésitant Mᵐᵉ Désaubray. J'arrive de Paris, tu le sais; j'ai vu Bernard.

A ce nom, Jeanne devint encore plus attentive.

— Eh bien?

— Eh bien! il voudrait t'épouser... Jeanne.

Jeanne se redressa tout à coup, très pâle, et portant la
main à son cœur comme pour y refermer une sensation
jusqu'alors inconnue, délicieuse et cruelle à la fois, qui
menaçait d'en jaillir.

Mᵐᵉ Désaubray se méprit sur ce mouvement. Elle
était lancée d'ailleurs, elle continua:

— Ne t'offense pas de ce que je vais dire, mon enfant!
Tu sais que je t'apprécie... combien tu m'es chère! Mais
il lui faudrait donner sa démission, perdre son avenir,
et ce serait notre malheur à tous! Je fais appel à ton dévouement, à ta raison. Pour l'en guérir, pour le sauver,

nous n'avons qu'un seul moyen : cet autre mariage.

— Oh!... pas cela!... pas cela, marraine!... répondit Jeanne d'une voix suppliante. Je comprends, je comprends mon devoir... Oh! je ne suis pas une ingrate, allez!... Mais ne suffira-t-il pas qu'il me croie perdue pour lui?... Je partirai... Nous nous en irons si loin, grand-père et moi, qu'il ne me reverra jamais!

L'émotion, la douleur de la jeune fille venaient enfin d'éclairer Mme Désaubray. Tout son orgueil tomba, faisant place à la pitié.

— Pauvre enfant!... elle aussi!... murmura-t-elle.

Puis, à haute voix :

— Ce sacrifice, dit-elle, je ne l'accepte pas... Où donc iriez-vous?...

Déjà Jeanne avait réfléchi. Une courageuse résolution se lisait dans son regard.

— Chez le comte de Trévelec, s'expliqua-t-elle, l'ancien maître de ma mère. Il offrait autrefois de nous prendre tous les deux. Une lettre de ma sœur de lait, l'an dernier, me le rappelait encore. Elle se disait souffrante et désirait une compagne, une amie. C'est à l'autre extrémité de la France, n'est-ce pas, grand-père?

Le bonhomme Claude inclina le front affirmativement. Il venait d'y passer la main, comme frappé d'un souvenir.

Mme Désaubray protesta contre ce projet d'exil. On attendrait! on verrait!

Avant de s'éloigner, elle embrassa sa filleule en lui disant, avec un sincère regret :

— Pourquoi ne m'est-il pas permis de te nommer ma fille!

. . . .

Cependant Jeanne était restée seule avec le père Claude.

Elle venait de se laisser retomber assise et le front penché dans sa main.

Après un silence, le vieillard s'approcha de la jeune fille et vint la toucher doucement à l'épaule.

Jeanne releva la tête; son visage était inondé de larmes.

Claude avait tout deviné.

— Ne désespère pas!... dit-il. Attends mon retour, attends!

Et, sur un sourire encourageant, il s'éloigna.

Il venait de se rappeler le mystérieux testament de Madeleine.

V

L'absence du père Claude dura plus d'une heure. Quand il reparut, sa physionomie conservait l'impression d'une vive émotion.

— Sèche tes larmes! dit-il à Jeanne, tu seras la femme de Bernard!

Elle se redressa, toute surprise, mais plus encore inquiète de l'agitation du vieillard.

— Grand-père, que dites-vous? Que se passe-t-il donc? Vous voilà tout bouleversé, tout chancelant...

— On le serait à moins! murmura-t-il. Quelle découverte!

Sa petite-fille s'était empressée de courir vers lui. Elle

le soutint, le guida jusqu'à son fauteuil, et quand il y
fut assis, s'agenouillant à ses pieds :

— Calmez-vous, grand-père ! lui dit-elle. Expliquez-
moi... Ah ! voilà que vous pleurez aussi maintenant.

C'est de joie ! balbutia-t-il, secoué par un tremble-
ment convulsif. Et cependant... Ah ! ma pauvre Jeanne !

Il la regardait d'un air navré. Tout à coup, il la saisit
dans ses bras, la pressa contre son cœur. Puis, s'étant
dégagé de cette étreinte et s'efforçant de sourire :

— La ! fit-il, c'est passé ! me voilà remis... ne crains
rien... la force et le courage me sont nécessaires... et je
veux en avoir ! J'en aurai ! Si tu savais !

— Mais, répliqua la jeune fillle, qui maintenant souriait aussi, mais je ne demande qu'à savoir...

— Non ! l'interrompit-il, pas encore !... N'abuse pas
de mon trouble... Il s'agit d'un grand secret... Tu le
sauras, parbleu ! mais plus tard, et d'une autre bouche
que la mienne... Ah ! ah ! pour que tu sois heureuse, il
te faut une dot... Eh bien ! je te la promets, voilà
tout !

Jeanne pensa naturellement à Martial Arnoux, qui
n'avait pas donné signe de vie depuis son départ pour
l'Amérique.

— Auriez-vous reçu des nouvelles de mon père?...
demanda-t-elle. Est-ce qu'il serait de retour avec une fortune? Est-ce qu'il se souviendrait de sa fille?

— Ton père !... fit évasivement le vieillard, je ne veux
te répondre ni oui ni non... Laisse-toi guider par moi...
tu verras !... Nous allons partir !...

— Partir! Mais où donc voulez-vous me mener, grand-
père?

Il la fit asseoir à ses côtés, et lui dit :

—Sais-tu bien, fillette, que tu as eu tout à l'heure une véritable inspiration.

Et, comme elle le regardait, étonnée :

—En songeant à ta sœur de lait, s'expliqua-t-il, à Mlle de Trévelec... C'est chez son père que je te conduis.

—Quoi!... vous espérez que le comte...

—Il ne nous refusera pas son appui, je te l'affirme... Mais, durant ce voyage, trève à toute curiosité!... pas de questions! Je t'ai dit et je te répète que tu seras Mme Bernard Désaubray... Cette assurance ne doit-elle pas te suffire? Tu sais que je n'ai jamais menti, mon enfant... Regarde-moi, tu verras que je parle avec conviction... Ne m'en demande donc pas davantage... Aie confiance!

—Soit! conclut-elle. Quand partons nous?

—Ce soir même! répondit-il. A mon âge, il ne faut pas remettre au lendemain. Va tout préparer, mignonne. Mais rien que le strict nécessaire pour quelques jours. Pas de malle! Mon vieux havre-sac! Et, légers de cœur comme de bagages, en route!

V

Toute trace d'angoisses avait disparu du visage du bonhomme Claude. Il était résolu, il semblait gai. Cette confiance gagna Jeanne, et le train du soir les emporta tous les deux.

Même en chemin de fer, le trajet est long d'Alais à Paris. Souvent la jeune voyageuse resta pensive. Pour-

quoi le père Claude s'obstinait-il à garder le silence ?...
D'où lui venait cet espoir inexpliqué ? Mais quel était,
quel était donc ce but mystérieux vers lequel on allait
si vite !

Le vieillard, qui semblait lire dans sa pensée, lui dit
alors :

— Ne cherche pas à deviner, fillette ! Ce n'est pas
moi, c'est le bon Dieu lui-même qui se chargera de tout
arranger... Les cœurs aimants, les âmes sincères... il
les prend toujours en pitié... Oui, mon enfant, tôt ou
tard, il leur fait rendre justice !

Parfois, cependant, le père Claude avait aussi ses heures de tristesse. Des mots lui échappaient, décelant une
vive appréhension pour lui-même. Mais, si Jeanne en
témoignait la remarque :

— Bah ! disait-il, ton bonheur avant tout !... Ne t'inquiète pas de moi... Je serais content, heureux... Tu
dois voir l'avenir tout en rose !

Jeanne avait fini par s'habituer aux étranges réticen-
ces du vieillard. Elle espérait, elle croyait... On croit
facilement à ce qu'on espère !

Une première déconvenue les attendait à Paris. Le
comte de Trévelec était en Bretagne.

— Partons pour la Bretagne ! dit gaillardement le
bonhomme Claude, ce n'est qu'un retard...

— On dirait que vous en êtes enchanté, grand-père ?
observa Jeanne.

— Je le suis d'autant moins, répliqua-t-il sur un tout
autre ton, que la première étape a dévoré les deux tiers
du petit boursicot que nous avions en partant. Ah ! ça
coûte cher, les voyages !

— C'est qu'aussi vous avez voulu prendre l'express.

— Parbleu ! quand on est pressé ! Mais cette fois, mignonne, il faut se contenter du train omnibus... seconde classe.

Il durent en rabattre jusqu'à la troisième, et l'on sait qu'à Saint-Brieuc il ne leur resta pas même l'argent nécessaire pour la diligence du chemin de la côte.

A pied, mais gaiement, nous les avons vus poursuivre leur route, et le soir, sur une hauteur déserte, être embarrassés d'un gite.

Ils passèrent la nuit dans une ferme. Dans une autre, ils déjeunèrent le lendemain. Des galettes de blé noir et du lait. Puis ils se remirent en marche pour la dernière fois. Quelques kilomètres seulement les séparaient du terme de leur voyage.

Si près de l'etteindre, la curiosité de Jeanne redoublait. Cependant, fidèle à sa promesse, elle ne se permettait plus que des questions incidentes :

— Ce comte de Trévelec, le connaissiez-vous autrefois ? Avant-hier, à son hôtel, vous a-t-on parlé de sa fille ?... Est-elle en ce moment avec lui ? Peut-être qu'il l'aura mariée ? Dans sa dernière lettre, Mlle Henriette se disait souffrante... savez-vous si elle va mieux ? si elle est jolie ?

— Mais je n'ai rien demandé de tout cela, fillette ! avait répondu le vieillard. En apprenant que celui que nous venions chercher de si loin se trouvait absent, je m'en suis retourné tout penaud, sans m'enquérir d'autre chose que des chemins qu'il fallait prendre pour arriver à Trévelec. Le comte, je me souviens de l'avoir entrevu lorsqu'il habitait nos environs. Il y faisait beaucoup de bien. Un digne gentilhomme ! Mais, après la mort de sa femme, il quitta lè pays, et pour n'y jamais revenir. Voilà près de vingt ans de cela!

— Et ma sœur de lait?... Vous ne m'en parlez pas?...

Ce ne fut qu'après un silence et d'une voix sensible-ment altérée que le vieillard répondit :

— Tout ce que je puis t'en dire... et tu ne l'oublie-ras pas, mon enfant!... c'est qu'elle a manifesté pour toi de généreuses intentions... Il faudra l'aimer, Jeanne!...

— Oh! je m'y sens toute disposée. Mais comme vous m'avez dit cela d'un air ému, grand-père!...

— Chut! l'interrompit-il en se remettant aussitôt. Est-ce que je n'aperçois pas un clocher? D'après nos renseignements, ce doit-être Trévelec.

La route tournait, redescendait vers un de ces nom-breux vallons qui, sur les côtes de Bretagne, aboutis-sent à la mer. Des maisons, des chaumières s'éparpil-laient au bord de cette crique, où l'on voyait aussi par-dessus les toits quelques barques échouées sur le sable. L'église s'élevait en avant du village, à droite du che-min. A gauche, mais un peu dans les terres, le châ-teau.

C'est une de ces constructions de silex et de briques, aux grandes cheminées rouges, à l'aspect hospitalier plutôt que féodal, et qui datent du roi Henri IV. Sa si-tuation bien choisie sur un ressaut du val lui permet, tout en restant à demi cachée dans les arbres, la jouis-sance des deux perspectives. Vers l'Océan, pas de mur de clôture; une haie vive borde la route et la sépare du vaste herbage qui monte en pente douce jusqu'à la cour d'honneur, convertie en jardin. Derrière le manoir, en-tre deux collines boisées, le parc se devine.

Impossible d'imaginer une résidence, une retraite plus pittoresque.

Cependant, nos deux voyageurs venaient de s'arrêter devant la grille. Elle était fermée. Mais plus loin, par une petite porte entr'ouverte, on apercevait la maisonnette du concierge. Ils entrèrent.

Personne sur le seuil... et, dans l'intérieur, non plus personne.

A quelques pas de là, parmi les herbes hautes, deux enfants jouaient sous la garde d'une fillette un peu plus grande. La sœur ainée, probablement. Tous les trois ils étaient en deuil.

Le père Claude s'avança vers ce groupe, et calmant du geste la jeune Bretonne, qui, tout effarouchée de l'approche d'un inconnu, se redressait, comme prête à s'enfuir :

— N'aie pas crainte de nous, lui dit-il, et réponds-moi... C'est bien ici le château de Trévelec, n'est-ce pas ?

Elle baissa la tête en signe affirmatif, et ne bougea plus, regardant en dessous les deux étrangers.

Vainement le vieillard l'interrogeait... pas un mot.

Jeanne intervint :

— Puisque tu es muette, lui demanda-t-elle, indique du moins qui nous répondra.

La petite sauvage étendit le bras vers le manoir.

— Allons de l'avant ! fit le bonhomme Claude, en s'engageant le premier dans le chemin sablé de menu galet qui, diagonalement, traversait l'herbage.

Quelques arbustes accompagnaient la barrière du jardin. Il l'ouvrit et s'écarta pour laisser passer Jeanne.

En approchant de la maison, dont rien ne masquait

plus la façade, elle remarqua que tous les volets étaient fermés.

Aux alentours, pas une créature vivante . un profond silence.

— Il paraît qu'on se lève tard ici ! murmura-t-elle.

Puis, tout à coup, désignant la porte à deux battants qui surmontait le perron :

— Grand-père, regardez donc au-dessus de l'entrée...

— Quoi ? demanda-t-il, car la distance était trop grande encore pour ses yeux, affaiblis par l'âge.

— Cet écusson !... s'expliqua-t-elle. Et sa voix tremblait.

— Les armoiries du comte, sans doute, fit le vieillard.

— Elles sont voilées d'un crêpe noir ! acheva Jeanne.

— Dieu !... s'écria le père Claude, est-ce que nous arrivons trop tard !

VI

Le bonhomme Lefebvre avait pressé le pas. Il gravit les marches du perron, il entra dans le vestibule.

Personne... Aucun bruit... Le silence du tombeau.

A côté de la porte, Jeanne remarqua le cordon d'une sonnette ; elle l'agita.

Des pas se firent entendre. Une servante parut. Son costume était celui des veuves de Bretagne.

— Le comte.. balbutia Claude d'une voix haletante, nous voudrions parler au comte de Trévelec.

— Il est dans le parc, répondit la servante.

Alors seulement le vieillard respira.

— Mais, demanda-t-il, mais pourquoi cette tristesse et ce deuil ! Votre maître ne s'était pas remarié, je crois. Il n'avait qu'un enfant. Qui donc est mort ?

— Hélas ! mes bonnes gens, c'est la demoiselle !

Un cri douleureux s'échappa des lèvres de Jeanne :

— Sa fille !... ma sœur de lait !... Henriette !

Quant au père Claude, accablé, chancelant, muet de consternation, il recula jusqu'à la banquette ; il s'y laissa tomber.

—Voilà trois mois déjà qu'elle est auprès du bon Dieu ! poursuivit la Bretonne. C'était vers le milieu du printemps !... Oh ! nous l'avons tous bien pleurée !... Elle était si bonne, la demoiselle !... Le maître en est quasiment fou de chagrin. Il a congédié presque tous ses gens ; ses amis n'osent plus venir ; mais, qu'on soit du pays ou d'ailleurs, personne n'est rebuté par lui. Cherchez-le dans le parc, il vous accueillera. C'est là surtout qu'on le trouve, aux endroits aimés par sa fille. Il l'appelle, il lui parle, et des larmes tombent encore de ses yeux... Ça fend le cœur !

A ces paroles émues, la servante ajouta quelques indications. Le père Claude s'était relevé, l'avait suivie jusqu'au bas du perron. En apercevant le clocher de l'église, il traça sur sa poitrine un signe de croix. Cette mort l'avait étrangement impressionné. Cependant, il se montrait plus impatient que jamais de rencontrer enfin le comte.

— Grand-père, hasarda Jeanne, tandis qu'ils s'engageaient tous les deux dans le chemin contournant la maison, grand-père, il me semble que nous arrivons bien mal?

— Au contraire! répondit-il évasivement, tu verras! tu verras!

Le jardin se prolongeait de l'autre côté jusqu'au bord d'un étang, entouré de joncs et de roseaux, de fluviatiles et de nénuphars. Des peupliers, des saules pleureurs croissaient sur ses rives. Vers la gauche, s'étendait un verger normand. La ferme, masquée par un rideau de feuillage, se devinait à droite. Au fond, par un magnifique groupe de platanes, commençait le parc.

Ce parc occupait tout l'espace compris entre les deux coteaux boisés du val. Dessiné pour ainsi dire en pleine forêt, il en gardait le charme et la majesté. Des lierres, des vignes vierges, des clématites sauvages, toutes sortes de lianes gigantesques grimpaient jusqu'aux plus hautes branches des arbres séculaires, et, se mêlant à leur ombrage, ils le rendaient encore plus épais et plus sombre. Par opposition, les parties dégagées, ensoleillées, semblaient délicieuses.

Mais, depuis le printemps, tout s'en allait à l'abandon. L'herbe et les feuilles mortes envahissaient déjà les allées. La mélancolie du château s'étendait sur tout le domaine.

Claude et Jeanne allaient au hasard. Vainement ils prêtaient l'oreille. Un bruit de pas leur arriva enfin. C'était l'entrée d'une clairière. Par un instinct de discrétion, ils se dissimulent derrière le tronc d'un chêne... Ils regardent.

Un homme de haute taille et tout vêtu de noir s'avançait lentement, la tête penchée sur la poitrine. Sa démarche ne semblait pas celle d'un vieillard, et déjà cependant sa barbe était presque blanche.

— C'est lui! Je le reconnais!... murmura Claude.

A peu de distance de l'arbre se trouvait un banc, des siéges rustiques, Le pauvre père vint s'asseoir, et resta quelques instants songeur. Puis, avec un mouvement qui permit de voir son pâle visage, où se lisaient à la fois la douleur et la bonté :

— Elle se plaisait ici! dit-il. Henriette! ma pauvre Henriette! Comme sa mère, il y a vingt ans! Et l'enfant, du moins, me restait alors! Aujourd'hui, plus rien! seul! Ah!... Mais permettez-moi donc de les rejoindre, mon Dieu! puisque vous ne pouvez plus rien que cela pour me consoler!...

— Qui sait!... fit le père Claude en se montrant tout à coup. Il ne faut jamais désespérer de la bonté de Dieu, monsieur le comte.

A ces paroles inattendues, à l'aspect de ce vieillard, le comte de Trévelec demeura tout d'abord interdit.

— Mais, balbutia-t-il, je ne vous connais pas... Pourquoi me parler ainsi?... Qui donc êtes-vous?...

— Claude Lefebvre, répondit-il, le père de celle qui fut la nourrice de votre enfant.

— Ah!... fit le comte, je me souviens... Madeleine! Elle aimait mon Henriette... elle l'aimait bien !...

Puis, apercevant Jeanne :

— Quelle est cette jeune fille? demanda-t-il brusquement.

— La sœur de lait de celle que vous pleurez, expliqua Claude Lefebvre.

— Je comprends! murmura le père désespéré, c'est

3

la fille de Madeleine... C'est votre petite-fille... Ah! vous
êtes heureux, vous!

— Qui sait! fit pour la seconde fois le vieillard.

Il y eut un silence, durant lequel le gentilhomme
breton semblait prendre plaisir à regarder Jeanne.

Puis tout à coup, avec un geste de douleur :

— Ah! s'écria-t-il, sa vue me fait mal!... Pourquoi
me l'avoir amenée?... Que souhaitez-vous de moi tous
les deux?

Claude hésitait.

— Mais qu'attendez-vous, grand-père? dit Jeanne.
Vous voyez bien que M. le comte souffre de ma présence... et qu'il a hâte que je sois partie.

Un changement, un apaisement soudain venait de se
manifester dans la physionomie du gentilhomme. Surpris, comme charmé par l'accent de Jeanne, il la regardait de nouveau, mais avec une émotion plus sensible
encore.

— Cette voix! murmura-t-il, ces traits! ils ne me sont
pas étrangers. Pardon, mon enfant... Je ne regretterai
pas de vous avoir vue, au contraire... Henriette désirait
vous connaître, et pouvoir vous rendre service... Ce
vœu de la pauvre morte, son père serait heureux de le
réaliser. Dites-moi ce qui vous amène... et quel était
votre espoir... Dites!

Ce fut le vieil instituteur qui répondit :

— Pour vous-même, monsieur le comte, il s'agit
d'une grande consolation.

Déjà le sourire d'une amère incrédulité se dessinait
sur les lèvres du gentilhomme.

Avec l'autorité de la conviction, Claude poursuivit :

— Rappelez-vous la naissance de votre fille et dans

quelle circonstance vous l'aviez confiée à Madeleine. Lorsqu'elle fut à Paris, lorsqu'elle s'y fixa sans retour, ne vous êtes-vous jamais étonné de l'abandon, de l'oubli de son propre enfant pour l'amour du vôtre...

— En effet, reconnut le comte, son dévouement, sa tendresse pour Henriette, m'ont semblé parfois étranges.

— J'appris la mort de Madeleine, reprit le vieillard, par une lettre qu'elle avait préparée d'avance, et qui renfermait un autre pli cacheté. Elle me conjurait de ne pas l'ouvrir avant la vingtième année de sa fille. Encore fallait-il que, pour être heureuse, cette enfant, élevée par nous, eût besoin d'une autre protection... d'une fortune.

— D'une fortune! répéta le comte.

— J'avais respecté le cachet, acheva Claude Lefebvre. Ce testament de Madeleine, je n'ai cru devoir l'ouvrir qu'il y a quatre jours, et tout aussitôt je suis parti pour vous l'apporter, monsieur de Trévelec... car ce n'est pas à moi seulement qu'il s'adressait. Le voici.

L'écrit qu'il présentait, déjà déplié, fut pris par le comte, qui n'y promena tout d'abord qu'un regard de curiosité. Puis il tressaillit, s'arrêta, passa la main sur ses yeux, comme s'il eût douté de leur témoignage, et recommença de lire, mais cette fois avec une émotion croissante. Ses mains tremblaient, des mots inarticulés lui venaient aux lèvres.

Enfin, ce cri s'en échappa :

— Dieu!... mon Dieu! mais vous m'avez donc entendu... mais, par un miracle de votre bonté, les morts ressortent donc du tombeau !

Une folle joie le transfigurait. Il s'était redressé, les

yeux au ciel ; il retomba, palpitant et les bras tendus vers Jeanne.

Elle le regardait attendrie, toute surprise.

— Jeanne ne sait rien encore !...

— Rien ! dit vivement le père Claude.

Le comte parvint à se remettre. Il présenta le testament à la jeune fille ; il lui dit avec douceur :

— Cette révélation vous concerne, mon enfant. Lisez à votre tour... Lisez haut.

De plus en plus étonnée, Jeanne obéit.

Le testament de Madeleine était ainsi conçu :

« Une force invincible, le remords, me pousse à cette confession... mais qui longtemps encore restera secrète pour vous, mon père, à qui je la confie. Je ne veux pas avoir commis un crime inutile.

« Plus tard, si jamais le comte de Trévelec apprend la vérité, il ne se vengera pas sur l'innocente que, pendant des années, il aura chérie comme son enfant.

« Rappelez-vous... rappelez-vous, mon père, ce que l'abandon et le malheur avaient fait de moi. Une idée fixe m'obsédait, prendre ma revanche contre le destin ! La ressemblance des deux petites créatures que je nourrissais me tenta... L'une était vouée à la misère, l'autre serait riche... J'ai voulu que ce fût la mienne !

« C'est la mienne que j'ai portée à Paris... C'est ma fille à moi que je suis venue offrir aux baisers du comte de Trévelec, et qui porte aujourd'hui son nom.

« L'autre, la véritable héritière du comte, sa filleule, c'est celle que je vous avais laissée, mon père... Celle qui a grandi sous votre toit... Jeanne.

« Au moment de paraître devant Dieu, je reconnais et

déclare que j'ai deux fois menti... Que ceux qui auront eu à souffrir me le pardonnent ! »

. . . .

Jeanne achevait à peine cette lecture, elle n'avait pas encore relevé les yeux, lorsque deux bras la saisirent, lorsqu'une voix, la voix du comte de Trévelec, lui cria :

— Mais tu n'as donc pas *compris?* mais tu ne sens donc pas que tu es ma fille?

VII

Il est des situations qu'il faut renoncer à décrire.

Quelques jours se sont écoulés. Le château de Trévelec n'est plus le même. Il a ses fenêtres ouvertes au soleil, à la brise du soir, au parfum des fleurs, à toutes les joies de la nature, qui sont rentrées, en même temps que le bonheur, dans la maison.

Le comte semble rajeuni de vingt ans. Installer Jeanne au manoir, reprendre dans son cœur la place d'un père, quel ravissement pour lui! quelle fête! Il est impatient de réparer le temps perdu ; sans l'aimer, il ne peut se lasser de la voir et de l'entendre.

Elle lui a tout dit, son enfance et son éducation, le dévouement du père Claude, l'amitié de Mme Désaubray, l'amour de Bernard.

A l'émotion de sa fille, M. de Trévelec a déjà compris que cet amour est partagé. C'est bien aussi l'opinion du bonhomme Lefebvre ; ils en ont longuement causé tous les deux.

Ne voulait-il pas s'en retourner, et dès le premier jour, ce pauvre Claude! Il a fallu le retenir de force, et que Jeanne elle-même imposât son autorité.

Le vieillard venait de dire :

— Ma place n'est pas ici; je ne vous suis plus rien, Mademoiselle...

Un embrassement, un cri du cœur lui ferma la bouche.

— Votre enfant toujours!... toujours votre Jeanne!

Et le père Claude s'était déclaré vaincu.

Toutes choses se trouvant ainsi réglées, le comte dit un soir à sa fille :

— Ta marraine ignore ce que tu es devenue. Il serait convenable de le lui faire savoir. Écris... J'ajouterai quelques mots, en remerciement de ses bontés.

La réponse ne se fit pas attendre.

Mme Désaubray était dans l'enchantement. Cette nouvelle position de sa filleule, elle se félicitait d'avoir contribué pour sa part à l'en rendre digne. Quelle ne serait pas la joie de Bernard! Elle venait de lui écrire. Mais, hélas! quand le reverrait-on? Il y avait dans l'air des bruits de guerre...

Elle fut déclarée: c'était la guerre contre la Prusse.

Une lettre de Bernard arriva, complimentant sa filleule. Pas un mot d'amour. Mais on sentait battre le cœur à chaque ligne.

Le régiment du capitaine Désaubray faisait partie de l'avant-garde. Il était à Châlons déjà, marchant vers la frontière.

— J'allais donner ma démission, disait-il. L'honneur ne me le permet plus maintenant; je me dois à mon pays.

Le comte répondit par une invitation de venir à Trévelec après la campagne.

C'était la troisième fois que Jeanne voyait partir ainsi
son parrain.

Elle pria Dieu de l'épargner encore; et, sans trop d'inquiétude, elle attendit.

Qui ne se rappelle les illusions d'alors?...

Qui ne supposait notre armée invincible? Elle se mettait en marche comme pour une partie de plaisir. C'était
en plein été, par de beaux jours de soleil. Un bataillon,
formé des petits détachements de la côte, traversa le
village. Il y avait des branches vertes au bout des chassepots. Les soldats chantaient. Pas un qui ne crût à la
victoire!

Le comte, cependant, avait voyagé de l'autre côté du
Rhin; il connaissait l'Allemagne... mais il se taisait, ne
voulant pas qu'un mot d'appréhension le fît considérer
comme un prophète de malheur.

Il ne fallait pas décourager les gardes mobiles qui s'en-
régimentaient, et gaiement, des Bretons!

Trois semaines s'écoulèrent dans l'espérance d'un
premier succès. Rien encore!... C'était bien long! Il se
fit de ces grands calmes qui précèdent les orages.

Assez d'auteurs ont décrit les émotions des provinces
de l'Est et de la capitale. Nous sommes dans un village
isolé tout au fond de la Bretagne. A pareille distance
du théâtre des opérations militaires, on n'en perçoit
que de lointains échos. Mais le télégraphe maintenant va partout. Un soir, tout le monde court à la
mairie. C'est une dépêche! c'est la nouvelle d'un combat heureux!... Et nos paysans de se frotter les mains...
« Ça va!... ça va!... Nous les tenons!... » On va chercher

le joueur de biniou, on veut danser... Vive la France!

Autre dépêche le surlendemain... mais bien différente, celle-là!... La défaite de Wissembourg!

Tous les fronts se rembrunirent. On avait le cœur serré; on se répétait: La guerre commence mal!

Mais ce n'était là qu'une surprise, un accident. La revanche allait arriver, éclatante... Il arriva l'aveu de deux grandes batailles perdues le même jour : Reischoffen et Forbach!

Bernard avait dû se trouver là! Qu'était-il advenu de Bernard!

Ce cri d'alarme qui venait de s'entendre au château, sous combien de toits de chaume ne se reproduisait-il pas, pour un fiancé, pour un fils! Dans notre vieille Armorique, on est trop pauvre pour se racheter du service militaire. Et, d'ailleurs, on a du patriotisme. L'angoisse, la colère, brillaient dans tous les yeux. Il y eut une période fiévreuse et sombre. Le ciel lui-même s'était voilé. Des flots de larmes en tombèrent...

On voyait passer des soldats rappelés sous les drapeaux, des mobiles en blouse avec leur petit paquet au bout d'un bâton. Tout cela sous la pluie. C'était bien triste.

Enfin, Jeanne reçut une lettre de Mme Désaubray. Le corps du général Ladmirault, dont Bernard faisait partie, n'avait pas encore donné, Il se repliait sur Metz.

Metz! c'était là surtout qu'on se battait! Une lutte d'extermination parut s'accomplir dans le cercle de fer et de feu qui, chaque jour, se resserrait autour de notre dernier rempart.

On apprit le désastre de Sedan. Metz allait se trouver complétement investi. Plus de nouvelles!

Même après la révélation de Mme Désaubray, Jeanne ne s'avouait pas encore le sentiment qu'elle éprouvait pour son parrain. Le sachant menacé de tant de périls, elle comprit enfin comment elle l'aimait.

Une douce mélancolie, une tristesse qui n'était pas sans charmes, descendit dans son âme. L'automne approchait, enveloppant les prés et les bois d'un voile de deuil. Que d'heures ne passa-t-elle pas au bord de la mer, immobile, rêveuse et priant tout bas, tandis que son regard suivait à l'horizon les longues files d'oiseaux voyageurs qui se perdaient dans la brume !

Ils reviendraient au printemps, ceux-là ! Combien de nos pauvres soldats ne reviendraient jamais !

On les voyait aussi partir par bandes, et toujours. Après les mobiles, les mobilisés. Sur la côte bretonne, chacun fit son devoir. On ne rencontrait plus dans le village que des vieillards et des enfants. L'instituteur lui-même s'en alla. C'était le père Claude maintenant qui tenait l'école.

Un jour, le comte de Trévelec annonça sa résolution de rejoindre les volontaires de Charette. Jeanne sentit qu'il serait inutile de l'en détourner. Alors que les paysans donnaient l'exemple, un gentilhomme ne devait pas rester en arrière.

— Du reste, avait-il dit à sa fille, les châtelaines ont aussi leur tâche, et tu ne t'ennuieras pas, mon enfant. Je t'ai taillé de la besogne.

En effet, toute une aile du château de Trévelec avait été préparée pour recevoir les convalescents de l'armée de la Loire. De l'autre côté, on ferait de la charpie pour les blessés, des vêtements chauds pour ceux qui combattaient encore.

3.

Ils en avaient grand besoin, car l'hiver arrivait, rigoureux et précoce. Déjà la neige avait couvert les chemins. Il gelait comme à la retraite de Moscou. Les éléments, contre la France envahie, s'acharnaient à leur tour.

L'ouvroir, ainsi que l'ambulance, était sous la direction de Jeanne. Quelques écloppés, quelques malades lui furent bientôt envoyés de l'hôpital de Saint-Brieuc. Avec l'aide de la bonne sœur, institutrice communale, elle les installa, les soigna comme une sœur de charité. Levée chaque jour avant l'aube, c'était par eux que commençait sa mission.

Puis elle passait vivement dans l'atelier, préparait le vieux linge, distribuait la laine et taillait des vareuses. « Est-ce heureux, se disait-elle souvent, que Mlle de Trévelec n'ait d'abord été qu'une simple couturière ! » Sous ses ordres venaient se ranger les femmes du village ; et pas une ne manquait à l'appel, car la libéralité du comte avait voulu que, tout en travaillant pour leurs maris et pour leurs frères, un juste salaire assurât le pain de la maison.

Il faut le dire à la gloire de notre pays : le malheur, durant ce rude hiver, y fit reconnaître la concorde et l'émulation du bien. Plus de riches ni de pauvres. On s'entr'aidait, on se consolait, on s'aimait. Un jour peut-être la Providence nous en tiendra compte.

Dans les villages isolés surtout, comme à Trévelec, tout fut mis en commun, le dévouement et les angoisses. Une des plus cruelles était l'incertitude des événements, le manque de nouvelles. Aussi, les jours de marché, comme l'on s'empressait autour des charrettes revenant de la ville ! Chaque matin, c'était à qui s'en irait au-devant du piéton.

Heureux et jalousés ceux qui recevaient une lettre. Des groupes se formaient devant leur porte, impatients d'apprendre enfin quelque chose. Et quand il y avait un télégramme pour l'instituteur, on le savait immédiatement jusqu'à l'autre bout du village. Les sabots sonnaient sur la terre durcie. Tout le monde courait à l'école, où le père Claude transcrivait la dépêche. A peine l'avait-il affichée au volet, que bien vite un gamin montait sur la pierre placée au-dessous. Il en donnait lecture à haute voix. Et c'étaient des vivat! et c'étaient des hélas! Pas une de ces poitrines haletantes où ne battît en ce moment le cœur de la France.

Jeanne n'était pas la dernière à envoyer savoir ce dont il s'agissait. D'une des fenêtres du château, elle guettait l'arrivée du facteur, l'apparition d'une dépêche. Souvent même elle accourait. Ce fut ainsi qu'elle apprit que Metz avait capitulé. Les survivants de l'armée de Bazaine allaient au moins se faire connaître!

Un mois, un siècle s'écoula. Rien! Mais il était donc mort, puisqu'il n'écrivait pas!

Sa mère écrivit enfin. Bernard avait donné signe de vie.

Mais il était blessé.

Cette blessure datait de la bataille de Gravelotte.

VIII

Aucun autre détail, aucune explication dans le billet reçu par Mme Désaubray:

« Nous sommes prisonniers de guerre, lui disait son fils, et je pars pour l'Allemagne. »

Donc, il était en pleine convalescence, hors de tout danger.

Cette interprétation, cet espoir passa dans le cœur de Jeanne. Elle n'avait plus à craindre que pour son père.

De ce côté, du moins, les communications restaient libres. Le comte donnait fréquemment de ses nouvelles. Il était à Orléans, à Coulmiers. Des victoires enfin!... Hélas! il fallut de nouveau céder au nombre et reculer en combattant, mais reculer toujours!

L'ennemi était bien loin de Trévelec. Il ne viendrait pas jusque-là... Cependant, même à pareille distance, on le sentait s'approcher.

Une morne désolation planait sur la campagne. Lorsque son blanc linceul disparaissait par intervalles, tout devenait jaune ou noir, et c'était plus lugubre encore. Jamais l'Océan n'avait eu tant de lamentations, d'aussi terribles colères. Au large, pas une voile! A terre, plus rien qui fût en mouvement, sinon les arbres remués par la brise qui leur arrachait, comme avec un redoublement de rage, jusqu'à leurs dernières feuilles mortes. D'étranges plaintes sortaient des bois, pareilles à des voix qui pleurent. Tous les sentiers, tous les horizons restaient déserts... et dans les masures silencieuses, au coin de l'âtre, quelques vieillards, qui se souvenaient de l'invasion de 1814, en racontaient d'horribles choses.

Toutes récentes, mais identiques, étaient les impressions des blessés de l'ambulance. Ils venaient de jouer à leur tour, dans ce sombre drame qui se reprenait à près d'un demi-siècle de distance, les rôles de leurs grands-pères; et, tout naturellement, les mots légendaires des grognards d'autrefois se retrouvaient aujourd'hui sous la moustache de nos zouaves. L'un d'eux, parlant des envahisseurs, avait dit à Jeanne :

— Ils sont trop !

A mesure que ces pauvres diables commençaient à se rétablir, on les admettait à la veillée. Quelques-uns faisaient de la charpie. Le zouave tricotait des cache-nez. La jeune châtelaine, avec bonté, les interrogeait tour à tour.

Un journal, certains passages des lettres du comte, étaient lus à haute voix par le père Claude. Toutes les travailleuses écoutaient, retenant leur souffle. Aux mauvaises nouvelles, un frissonnement courait parmi l'assemblée. Parfois même, quand la pluie fouettait les vitres, quand une rafale ébranlait le vieux manoir, ou bien encore quand le feu plus vif annonçait au dehors la gelée plus âpre, des soupirs, des exclamations, quelques phrases dolentes, s'entendaient sous les cornettes bretonnes :

— Ah ! Jésus Maria ! quel temps ! quel hiver ! Où sont maintenant nos pauvres gars ! Dans les bois ou sur la terre nue !... Comme ils doivent avoir froid cette nuit !

A neuf heures, Jeanne donnait le signal du départ. Grand bruit alors sous le vestibule, où chacun reprenait ses sabots. Un instant plus tard, la porte s'était refermée sur le silence.

Au dehors, on voyait les falots s'éloigner par groupes. Ils s'éparpillaient à l'entrée du village ; ils disparaissaient dans les maisons, comme sur un papier réduit en cendres s'éteignent les dernières étincelles.

Jeanne, enfin, se retrouvait seule. Elle pouvait songer à son père absent, à Bernard prisonnier.

La correspondance d'Alais devenait alarmante : « Je suis très-inquiète de mon fils, disait Mme Désaubray. Les lettres qui m'arrivent d'Allemagne ne sont plus de sa main ; il les dicte à l'un de ses compagnons de captivité. Mais quelle est donc cette blessure qu'il ne m'explique pas ? Vainement il s'efforce de me rassurer... J'ai comme le pressentiment d'un malheur. »

Quelques jours plus tard, au volet de l'école, le père Claude affichait la déroute du Mans. C'était, au dire du télégramme, par la faute des mobilisés bretons, qui s'étaient enfuis sans combattre. On n'y voulut pas croire. La nouvelle se confirma. Les vieillards alors courbaient le front ; les femmes surtout se montraient furieuses. Mais quand on vit apparaître les premiers fuyards, couverts de haillons, encore en sabots, exténués de fatigue et de misère, le ressentiment fit place à la pitié.

Pour se justifier, quelques-uns exhibaient de mauvais fusils à piston. Les cheminées n'étaient pas même forées. Comment auraient-ils pu se défendre avec de pareilles armes ?

Les jours suivants, de nouvelles bandes passèrent. On eût dit que, s'entendant pour éviter la grande route, ils prenaient tous le chemin de la côte.

A leur approche, tout le village était en l'air. On courait au-devant d'eux. Peut-être allait-on revoir un fils, un frère, un fiancé !... Parfois cet espoir se réalisait. Qu'elle scène de joie ! Des enfants s'emparaient du sac et du fourniment. Le soldat, appuyé sur des bras amis, entouré de toute une famille, regagnait en souriant sa chaumière. Les vieux parents étaient sur le seuil. On leur criait de loin : C'est lui ! le voilà !... Dieu nous l'a rendu !

Si personne du pays ne se trouvait au nombre des arrivants, l'accueil n'en était pas moins hospitalier.

« Là-bas, se disait-on, dans quelque autre village, nos enfants seront traités de même ! »

Et de grands feux s'allumaient pour ragaillardir ces pauvres garçons, harassés et morfondus. C'était à qui leur ferait une bonne soupe ou descendrait à la cave pour tirer un pichet de cidre.

Quand la halte avait lieu vers le soir, on les retenait à coucher dans les étables et dans les granges. Plus d'une fois, jusqu'au milieu de la nuit, les vitres des maisons restèrent éclairées. On eût dit le réveillon de Noël.

Mais rien que du dehors. Au dedans, pas de gaieté, pas de chansons. Des récits lugubres, des imprécations contre les chefs, le regret et la colère d'avoir été vaincus. Quoi ! tant de souffrances, tant de bonne volonté, tant d'efforts inutiles ! Il y en avait beaucoup, même parmi les plus défaillants, qui demandaient encore à retourner à l'ennemi.

L'armistice était signé. Bientôt ce fut la paix. A Trévelec, comme de tous les villages de France, un long soupir de soulagement s'éleva vers le ciel. Ah ! c'était donc fini, la guerre !

D'autre part, le printemps se hâtait comme pour nous consoler. Jamais il n'y eut une efflorescence aussi rapide, une plus merveilleuse transformation que cette année-là. Ce fut avec bonheur qu'on se remit aux travaux des champs.

Le comte revint l'un des derniers. Il ne désespérait pas de l'avenir.

Mais Bernard !... Pourquoi ne recevait-on pas de nouvelles de Bernard !... Nos prisonniers, cependant, nous étaient rendus. On en voyait partout, même à Trévelec. Et pas un mot de lui ! Plus de lettres de sa mère !

Elle écrivit enfin :

« L'affreuse vérité m'est connue ! Plains-moi, Jeanne... Il n'avait pas voulu m'affliger, il espérait la guérison. Un officier de son régiment m'a tout appris... Pauvre Bernard !... je vais le chercher là-bas, car il lui faut un guide maintenant... mon fils est aveugle ! »

IX

Vers la fin de la bataille de Gravelotte, un caisson d'artillerie sauta. C'était à la batterie du capitaine Désaubray.

Violemment projeté dans un ravin, ce ne fut que dix-huit heures plus tard qu'on le retrouva, encore inanimé, couvert de sang et de blessures : un cadavre.

On allait l'enterrer avec les autres, lorsqu'un chirurgien, de ses amis, passa. Il crut remarquer que Bernard respirait encore, et le fit transporter à l'hôpital.

Durant plus de six semaines, il resta plongé dans une fiévreuse torpeur, qui du moins lui épargna les dernières angoisses morales du siége de Metz.

A l'époque de la capitulation, les forces lui revinrent comme par enchantement. Une résurrection !

Il parlait, il marchait. Contusions et blessures s'étaient cicatrisées... sauf une seule, à la partie frontale de la tête, qui le faisait étrangement souffrir. Une sorte de brouillard obscurcissait sa vue.

Nonobstant, sa main put tracer les quelques lignes qui parvinrent à sa mère.

Les vainqueurs avaient rangé les convalescents dans la dernière catégorie des prisonniers qu'ils emmenaient en Allemagne. Quand son tour fut arrivé, le capitaine Désaubray ne protesta pas. Il sentait ses yeux s'éteindre. On lui avait parlé, comme suprême espoir, d'un célèbre oculiste saxon. C'était à Dresde qu'on l'envoyait.

Dès le lendemain de son arrivée, la consultation eut lieu. Mais ce fut en vain qu'il s'efforça de lire un pronostic sur le visage du docteur. La fatigue du voyage avait encore aggravé son mal. Il ne voyait même plus ceux par lesquels il était touché.

Entre autres recommandations, le médecin lui enjoignit de garder constamment un bandeau sur les yeux.

Voilà pourquoi les lettres de Bernard n'étaient plus de son écriture. Il s'attachait à dissimuler ses angoisses; il parlait de tout, hormis de la blessure dont la guérison se faisait tant attendre. « Quand le dernier espoir me sera ravi, pensait-il, ma mère l'apprendra toujours assez tôt! » Et cherchant à lui donner le change, parfois même sa correspondance affectait une gaieté qui était, hélas! bien loin de son cœur. Celui de Mᵐᵉ Désaubray ne s'y trompa qu'à demi.

Ce rude hiver, si long pour tous, il le fut surtout pour Bernard.

A la signature de la paix, lorsque le chemin de la France se rouvrit aux prisonniers, le savant oculiste hésitait encore à prononcer son arrêt.

Le blessé de Gravelotte attendit.

Un jour, enfin, le docteur se reconnut impuissant.

— Partez! dit-il à l'aveugle, qui s'écria :

— Mais je suis donc condamné !

— Par la science seulement, conclut le médecin. Il vous reste le recours en Dieu.... lui seul peut des miracles ?

Bernard eut un accès de désespoir et de sombre folie. Il ne pouvait se résoudre au départ, il n'osait écrire. La pensée du suicide lui vint. Ne valait-il pas mieux que sa mère apprît qu'il était mort ! Mais ses principes chrétiens lui montrèrent la lâcheté d'un tel acte.

On se rappellera comment Mme Désaubray connut enfin la vérité. Ce fut elle qui écrivit à son fils :

— Je sais tout !... Attends-moi, j'arrive !

Il y eut entre eux une scène déchirante.

— Espère encore ! lui dit-elle, lorsqu'il se fut un peu calmé. Ne te reste-t-il pas ta mère, des amis, la fortune, la jeunesse ?..

— Mais Jeanne ! murmura Bernard.

X

Jeanne ! c'était la pensée constante, c'était le plus amer regret de l'aveugle.

Il évitait d'en parler... et cependant il en parlait toujours.

Sa mère avait dû lui répéter l'histoire du testament, du voyage, toutes les scènes qui s'étaient passées au château. Elle avait apporté la lettre de Mlle de Trévelec, et c'était, pour ainsi dire, un mémorial de sa nouvelle vie. Souvent Bernard en redemandait la lecture.

Dans toute cette correspondance, où, d'une façon

charmante, la jeune châtelaine racontait ses actions, ses
pensées, pas un mot cependant, pas une allusion qui
rappelât cette tentative de Mme Désaubray, cette confidence, qui avait été la cause première de tout le reste.
Et l'on comprendra sans peine que, pour son propre
compte, la veuve du colonel en gardât le secret.

— Ce qui me console, disait donc Bernard, c'est que
Jeanne ignore mon amour. Rien ne l'empêchera d'être
heureuse!

On s'était mis en route, on revenait à petites journées
par la Suisse.

Là, du moins, un attendrissement respectueux, de
vives sympathies, se manifestaient sur le passage des
deux voyageurs. L'invalide de Gravelotte portait encore
l'uniforme. « Aveugle! et si jeune! » murmuraient les
femmes. Des hommes se découvraient devant cette
pauvre mère qui ramenait au pays son fils privé de la
lumière du ciel.

Un soir, à Berne, ils étaient assis tous les deux sur
cette promenade de la Plate-Forme, d'où l'on découvre
un si magnifique panorama de montagnes de l'Oberland.

— Voit-on les cimes blanches? questionna Bernard.

— Oui, répondit Mme Désaubray. Pas la moindre
brume à l'horizon!

Après un silence, l'aveugle reprit :

— Je sens sur mes mains la chaleur des rayons du
soleil couchant... Les glaciers doivent resplendir, n'est-
ce pas? Oriente-moi vers la Jungfrau, ma mère...

Puis, quand elle se fut prêtée à ce désir :

— Je me figure maintenant tout le panorama! dit-il.
Ah! je le connaissais si bien, et je l'aimais tant! Ici, le
Mœnch... l'Eiger... le Wetterhorn.

Il en nomma d'autres encore, et, sans les voir, il semblait les reconnaître. Il leur souriait comme à d'anciens amis.

— Tu sais, disait-il en même temps, tu sais, ma mère, combien de fois je les ai renouvelées, ces excursions alpestres !... C'était la grande fête de mes yeux ! Ils en conservent à ce point le souvenir que, malgré tout, l'impression du paysage s'y reproduit... Ne bougeons pas ! Tais-toi ! Je regarde !

Il ne parla plus, se laissant aller à la rêverie. Rien de triste dans cette immobilité : le calme du sommeil.

Pendant quelques minutes, l'attention de Mᵐᵉ Désaubray fut attirée par les joyeux ébats des enfants, qui se poursuivaient sous les marronniers. En se retournant, elle aperçut le visage de son fils inondé de larmes.

— Bernard !... s'écria-t-elle, qu'as-tu donc ?...

— Rien !... Ne t'inquiète pas, répondit-il, je me rappelais...

— Quoi ?...

— Un rêve auquel je me complaisais l'an dernier... tu sais... lorsque je voulais épouser Jeanne !... Je m'étais promis, à l'exemple des fiancés suisses, que nous ferions notre voyage de noces dans l'Oberland... Ah ! je disais bien, ce n'était qu'un rêve !

— Mon enfant !

— Il se réalisera peut-être pour elle avec un autre ! acheva Bernard, et comme je lui avais souvent parlé de ce pays, mon souvenir traversera de temps en temps sa pensée. Elle dira : « Ce pauvre parrain ! » si toutefois elle ne m'a pas déjà oublié !

. . . .

Non !... Jeanne n'était pas de celles qui oublient...

Elle avait couru présenter à M. de Trévelec la lettre annonçant la fatale nouvelle. A peine en eut-il pris connaissance à son tour qu'elle lui dit :

— Mon père, ne m'avez-vous pas conté que, lors de la guerre contre l'Autriche, de jeunes Italiennes s'étaient engagées d'honneur à n'épouser qu'un soldat blessé, mutilé en défendant son pays?

— En effet! reconnut le comte.

— Et vous approuviez cela, n'est-ce pas?

— Oui.

— Voulez-vous me permettre un engagement semblable à l'égard de Bernard Désaubray?

— Y songes-tu !

— Il a voulu me prendre pour femme... quand j'étais pauvre, vous le savez, mon père, et vous lui en devez de la reconnaissance.

— Moi !

— Dame ! sans cette intention généreuse, on en serait encore à l'ouvrir, on ne l'aurait peut-être jamais ouvert, ce testament qui vous a rendu votre fille.

— Eh ! c'est juste, fit le père Claude, qui se trouvait là.

— Mais, observa le comte, Bernard est aveugle !

— Raison de plus pour devenir sa compagne et son appui ! répliqua bravement Mlle de Trévelec.

— Prends garde, ma Jeanne, d'avoir à regretter plus tard ce généreux dévouement !

— On ne regrette jamais d'avoir fait son devoir. C'est vous encore qui me l'avez dit, monsieur le comte !... Je n'agirai qu'avec votre assentiment... Mais rien ne changera ma résolution... J'ai la tête d'une Bretonne?

— Et le cœur aussi ! répondit en l'embrassant son

père. Lorsqu'ils seront de retour à Alais, où je conserve
des relations, je te le dirai. Jusque-là, réfléchis encore...
et patience !

Jeanne attendit, sans reparler de son espoir ; mais il
brillait dans ses yeux.

Quelque chose de grave et de recueilli dans l'attitude,
une sorte de sérénité répandue sur ses traits, les saintes
joies de la conscience, donnaient un charme de plus,
comme une auréole, à sa beauté.

Chaque matin, du regard, elle interrogeait le comte.

— Ils sont arrivés ! lui dit-il enfin.

— Partons-nous?... demanda Jeanne.

XI

Il est temps de retourner à la villa de Tamaris : c'est
le nom de la maison de campagne de Mme Désaubray.

Depuis une semaine, elle et son fils y sont de retour.

Dans cette demeure familière, où s'est écoulée son enfance, l'aveugle apprend à se diriger sans le secours
des yeux, à voir, comme il le dit lui-même, avec les
mains.

Il a voulu reprendre sa chambre d'écolier. Le nombre de pas qui sépare les meubles les uns des autres, il
les recompte chaque matin. Avec un peu d'habitude, il
retrouvera sans peine la porte et les fenêtres, le lit et le
divan, les siéges, le bureau, la bibliothèque. Mais, hélas ! pourquoi maintenant des livres !

Lorsque l'heure arrive d'en sortir pour le repas, pour une promenade, on le voit, d'une allure chaque jour plus hardie, s'engager dans l'escalier, une main sur la rampe et l'autre sur l'épaule de sa mère, qui descend devant lui, attentive et le regardant à chaque marche.

— Ne t'inquiète donc pas, lui répète-t-il, je me forme à nouveau métier... courage !... Tu me suffis...

— Mais quand je ne serai plus là, mon pauvre enfant... quand je serai tout à fait vieille...

— Eh bien ! je te soutiendrai... tu me guideras...

Déjà Bernard commence à se reconnaître dans le salon. Il parvient même à retrouver sur les touches du piano quelques fragments de mélodies... Un vieux noël provençal qu'il avait appris à sa filleule et qu'elle jouait souvent.

Même étude pour le jardin. A l'aide d'une canne, il se dirige dans les allées, dans le petit bois. Il passe de longues heures dans un berceau de chèvrefeuilles et de roses qui, l'avant-dernier printemps, était la retraite favorite de Jeanne !

Il n'en parle presque jamais, mais sa mère sent bien qu'il y pense toujours.

Du reste, on vient beaucoup le voir. Anciens camarades, parents et voisins, même les autorités, c'est à qui témoignera de la sympathie, s'efforcera d'apporter quelque distraction au glorieux blessé de Gravelotte...

Il faut savoir que ses yeux sont éteints, car ils ont conservé l'apparence de la vie. Aucune taie ne les recouvre. Il n'est nullement défiguré. La cicatrice de son front est de celles qu'on aime à voir sur le visage d'un soldat.

Chez tous les aveugles, le sens de l'ouïe se développe

singulièrement. Rien ne leur échappe. Un jour Bernard
dit à sa mère :

— Le facteur n'a pas apporté que des journaux ce
matin... Quelle nouvelle as-tu reçue dont tu ne parles
pas ?

Mᵐᵉ Désaubray répondit, mais en rougissant :

— La circulaire d'une œuvre de charité. Rien qui
t'intéresse.

Nouvelle question le lendemain.

— Qui donc est venu hier soir ?... Longtemps après
que j'étais remonté dans ma chambre, j'ai entendu des
pas, des voix... Mais tu me caches donc quelque
chose ?

— C'était notre vieux médecin, expliqua la mère. Tu
ne voulais pas le consulter ; ils est venu causer avec
moi.

Tout autre qu'un aveugle eût remarqué le trouble de
Mᵐᵉ Désaubray. Cette lettre, elle était de M. de Trévelec ;
celui qu'elle avait reçu secrètement, c'était le comte.

Un peu plus tard :

— Viens au salon, proposa-t-elle à son fils.

— Pourquoi pas au jardin ?

— J'attends une visite.

— Quelle visite ?

— J'ai promis de ne pas te le dire d'avance. On te
ménage une surprise.

Plusieurs fois déjà cette même circonstance s'était
présentée. L'aveugle accepta le bras de sa mère, et, d'un
air indifférent, se laissa guider par elle.

Sur le seuil cependant il s'arrêta, aspirant l'air et
prêtant l'oreille.

Pressentait-il le pieux mensonge de sa mère ?

Ces visiteurs qu'elle ne voulait pas nommer, qu'elle prétendait attendre..... ils étaient là dans un coin du salon, mais immobiles et retenant leur souffle.

Jeanne, le comte de Trévelec et le bonhomme Claude.

N'entendant aucun bruit, Bernard se remit en marche. Sa mère le conduisait vers un fauteuil. Il s'assit tout rêveur.

Après un silence :

— A quoi penses-tu, mon enfant? lui demanda-t-elle, tu me sembles plus triste que de coutume.

Il voulut protester.

— Oh! fit-elle, je le vois bien !

— Tu vois, la belle affaire ! répliqua-t-il avec une feinte gaieté : mais la plupart du temps nos yeux nous trompent, et ce n'est vraiment pas la peine d'en avoir.

— Ainsi donc, reprit-elle en échangeant un signe avec les autres, ainsi, tu commences à te faire une raison? Tu ne penses plus à Jeanne?

Il tressaillit tout à coup, il porta la main à son cœur, en s'écriant :

— Ma mère!... Ah! tu ne crois pas ce que tu viens de dire, ma mère !... Ne plus songer !... Mais tu sais bien que c'était pour toute la vie !... Toi seule en as reçu la confidence... elle ne le saura jamais...

Mme Désaubray l'interrompit :

— Et si Jeanne en était instruite !... Si d'elle-même, avec la générosité du dévouement, elle venait s'offrir à toi !...

— Ce ne serait qu'une douloureuse épreuve pour nous deux, répondit-il avec une sombre résolution, car je n'accepterais pas son sacrifice...

4

— Pour elle, autrefois, tu voulais bien donner ta démission...

— Hélas! je ne puis pas donner ma démission
d'aveugle!... L'associer à ma nuit, elle, cet ange de lumière! jamais!... Si tu lui écris, si tu la revoyais, tais-
toi... garde mon secret! qu'elle ne soupçonne rien!...
que rien ne trouble sa joie! Il ne m'est plus permis
d'être heureux qu'en rêve, et je le serai... je le suis...
Ne t'ai-je pas dit un jour que, pour nous autres, il y
avait une seconde vue, celle du souvenir, celle du
cœur? Je n'ai pas besoin de mes yeux pour la voir, ma
mère!... Quand tu me crois triste, c'est que je songe à
elle! j'évoque par la pensée son image... il me semble
qu'elle est là, devant moi, souriante et charmante... je
la regarde, je lui parle... et comme ce n'est qu'une ombre à qui l'on peut tout avouer, je lui dis: Je t'aime
Jeanne... je t'aime!...

Il ne croyait pas si bien dire, Jeanne s'était appro-
chée de lui.

XII

Elle ne put retenir un sanglot étouffé.

L'aveugle aussitôt s'arrêta. Il écoutait.

— Mais c'est moi! dit Mme Désaubray, pour attarder
encore l'émotion qu'elle redoutait. N'est-ce pas naturel
qu'en t'entendant parler ainsi je pleure?

— Pardon, s'écria-t-il en la cherchant pour l'embrasser. Ne t'afflige pas. Au contraire, je me sens heu-

reux ! Me voilà calmé... Tiens ! donne-moi un peu
d'eau, j'ai soif.

La carafe était à côté, sur un guéridon. Mme Désaubray remplit à moitié le verre. Jeanne s'en empara pour
le présenter à Bernard.

— Pauvre mère! dit-il, comme tu trembles !

Puis, après avoir bu, saisissant la main qui reprenait
le verre :

— Mais... fit-il avec un tressaillement soudain, mais
ce n'est pas ta main, ma mère ! Qui donc est là ? Qui
donc ?

Il y eut un silence.

Personne ne bougeait. Toutes les poitrines étaient
oppressées. Dans tous les yeux, des larmes.

Enfin, une douce voix murmure.

— Ne le devinez-vous donc pas, mon parrain ? C'est
moi...

— Jeanne !

Dire la stupéfaction, le ravissement, l'extase de
l'aveugle, ce serait impossible.

Elle continua :

— Moi-même ! Et j'ai tout entendu.

Bernard fit un mouvement.

— Ne regrettez pas que votre cœur ait parlé devant
moi ! poursuivait-elle. Ce qu'il vient de dire, d'autres
me l'avaient appris déjà.

Et comme il semblait étonné :

— Ta mère, d'abord ! lui dit celle-ci.

— Jeannette n'est pas venue toute seule, ajouta le
bonhomme Lefebvre.

— Quoi! se récria l'aveugle, vous êtes là, père
Claude !

— Eh ! oui, morgué !...

En même temps que Bernard entendit ce nom, le bruit d'un fauteuil dérangé, des pas s'approchant de lui, frappèrent son oreille.

— Le comte... fit-il, le comte de Trévelec...

— C'était lui qui m'écrivait hier matin, s'expliqua Mᵐᵉ Désaubray.

Hier soir c'était lui qui m'amenait M. le comte.

— Et je me suis entendu avec madame votre mère, répondit le gentilhomme, et je m'estimerai heureux de vous nommer mon fils...

L'aveugle ne put contenir un premier mouvement de joie.

— Un mariage !... Et Jeanne se dévouerait !... Vous consentiriez !...

— Nous arrivons tout exprès de Bretagne, répondit le comte.

Déjà Bernard était redevenu maître de lui-même.

— Accepter un pareil sacrifice ! répondit-il héroïquement, non... non, je ne dois pas... je ne veux pas...

Jeanne l'interrompit :

— Quand je n'étais qu'une pauvre fille, dit-elle, c'est vous, mon parrain, qui veniez à moi... Chacun son tour !

Et, comme il résistait encore du geste :

— Mais je vous aime aussi, Bernard ! s'écria-t-elle. Osez donc me renvoyer maintenant... je vous en défie !

Ce fut en vain qu'il voulut répondre. Des larmes inondaient son visage, des sanglots étouffaient sa voix.

Le père Claude eut une inspiration.

— Laissons-les seuls tous les deux, proposa-t-il. Monsieur le comte reviendra savoir dans un instant si le gendre qu'il est venu chercher de si loin persiste encore dans son refus.

Les parents se retirèrent, suivis du bonhomme Lefebvre.

Au moment de disparaître, il avait dit :

— Bernard.... mon enfant... ne soyez pas ingrat envers elle !

. . . .

Lorsque le père de Jeanne reparut sur le seuil, Bernard serrait la main de Jeanne et acceptait son dévouement héroïque.

— Dieu soit loué ! murmura Mme Desaubray.

— Eh ! eh ! fit le père Claude, gageons que tout est arrangé, morguène !

Le comte de Trévelec demanda :

— Faut-il que je remmène ma fille ?

— Non ! répondit-elle, il me garde !

XIII

Quinze jours plus tard, toute la population d'Alais assistait au mariage.

Jeanne avait au front comme une auréole.

— Mon enfant, je suis fier de toi ! lui dit son père.

Le bonhomme Claude semblait rajeuni de vingt ans.

Le blessé de Gravelotte venait de recevoir du ministre la rosette d'officier de la Légion d'honneur : c'était le cadeau de noce de la France.

Quand on sortit de l'église, cette même église où, dix ans plus tôt, avait eu lieu le baptême :

— Alors, dit l'aveugle à sa femme, c'était ton parrain qui t'adoptait, aujourd'hui que le voilà devenu ton mari, c'est toi qui l'adoptes !

Jamais nouvelle épousée ne fut aussi saintement heureuse que Jeanne.

Le comte s'en était retourné à Trévelec, afin de tout préparer au château pour ses deux enfants ; ils ne tardèrent pas à l'y rejoindre.

Quelle différence avec le premier voyage, à la dernière étape surtout, par le chemin de la côte !

Mme Désaubray, le vieux Claude, accompagnaient les jeunes mariés.

Délicieux furent les premiers mois de leur séjour à Trévelec.

Si parfois une ombre de mélancolie redescendait sur le visage de Bernard, s'il paraissait se reprocher son bonheur, ou l'attribuer au dévouement de sa jeune femme :

— Ingrat ! lui disait-elle tout bas, mais j'ai le droit de te l'avouer à présent... C'est de l'affection vraie !

Et, s'il s'obstinait à croire au sacrifice :

— La plus heureuse de toutes les femmes, ajoutait Jeanne, mais c'est celle d'un aveugle. Les autres maris ont des plaisirs, des affaires qui les attirent et les retiennent hors de la maison. Ils s'absentent, ils voyagent... et toi, Bernard, tu ne me quittes pas !.., Je te possède tout entier... Rien qui ne nous soit commun... Quand tu marches, c'est en t'appuyant sur mon bras... Toutes les impressions du monde extérieur, je te les transmets...

Le paysage qui nous environne, ses effets de lumière, les événements de chaque jour, le livre qui t'intéresse, la musique qui te charme, ces mille petits bonheurs dont se compose la vie, je te les donne, ou plutôt, je les partage avec toi. Ta femme est en même temps ta lectrice et ton guide. Tu ne vois que par mes yeux... Mes yeux sont tes yeux !

En réalité, tout en le guidant à travers ce domaine dont les chemins lui devenaient familiers, Jeanne expliquait, Jeanne décrivait toutes choses... les grands arbres qui frissonnaient sur leurs têtes.. les massifs de fleurs dont les parfums passaient dans l'air, l'Océan qui grondait à l'horizon... l'aspect de la terre et du ciel...

Et la tendre sollicitude de la jeune femme prêtait à son langage une telle vérité, un tel charme, que parfois l'aveugle, dans un élan de reconnaissance et d'amour, s'écriait :

— Quand tu me parles ainsi, je vois !... je vois !... Parle encore !

. . . .

Ne serait-ce toujours qu'une illusion ?

En traversant Paris, on avait consulté le plus célèbre spécialiste de notre Académie de médecine.

— Je n'ose me prononcer, avait-il dit; mais laissons agir la nature. Il se peut qu'il y ait un réveil !

Ce réveil, on l'espérait; on en épiait les moindres indices.

. . . .

Un soir, au salon, Jeanne lisait à haute voix le journal.

Sur l'étroit guéridon qui la séparait de son mari, une lampe était allumée.

Il se recula tout à coup, faisant un geste douloureux.

— Qu'as-tu ? lui demanda-t-elle.

— Éloigne cette lampe, répondit-il.

— Pourquoi?

—. Sa clarté m'a fait du mal.

— Ah! murmura Jeanne avec un frémissement de surprise et de joie.

— Mais tu la vois donc? questionna Mme Désaubray.

— Un nuage lumineux... voilà tout! dit l'aveugle.

— Mais il y a quelques jours... hier soir... ce n'était pas ainsi?

— Non!

— Morgué! fit le père Claude, c'est un commencement!

— Une lueur d'espérance! ajouta Jeanne.

. . . .

Quelques semaines plus tard, sous les tilleuls du parc, Bernard était assis dans l'ombre.

Jeanne, qui l'avait un instant quitté, revenait vers lui.

Comme elle s'arrêtait, un rayon de soleil, glissant à travers le feuillage, éclaira tout à coup le corsage de la jeune femme.

— Ne bouge pas, s'écria l'aveugle, attends!

Les yeux fixés, le bras étendu vers la ceinture de Jeanne, il semblait y désigner, y regarder un objet.

Elle avait obéi.

— Explique-toi, fit-elle.

— N'as-tu pas là, lui demanda son mari, quelque chose qui brille?

— Oui! Cette montre avec nos deux chiffres en diamants que m'a donnés ta mère...

Et, toute rayonnante elle-même, elle les faisait scintiller au soleil.

— Leur éclat me frappe! dit Bernard.

. . . .

Un autre jour, il s'informa si Jeanne ne portait pas une robe rose.

C'était vrai !

Après l'éclat, les couleurs.

— C'est le réveil, dit le père Claude.

— Retournons à Paris, proposa le comte. Tout est prêt pour vous y recevoir... les arrêts de Berlin ne sont pas irrévocables !

On partit.

Que de beaux rêves durant ce voyage !

Bernard seul restait incrédule.

— Dieu fait encore des miracles, dit Claude, pour récompenser les braves cœurs qui croient en lui !

. . . .

Cette dernière consultation eut lieu à l'hôtel de Trévelec.

Tout présageait, tout attestait que, dans six mois, le blessé de Gravelotte ne serait plus aveugle.

Le même soir, lorsque Jeanne se retrouva seule avec Bernard, elle lui dit :

— Un bonheur ne vient jamais seul... le second, celui que tu vas apprendre, je te l'avais réservé comme une consolation...

— Parle !

Elle le prit dans ses bras, et tout près, à l'oreille, elle compléta son aveu.

— Vrai ! s'écria-t-il tout palpitant de joie. Et ce serait pour la même époque?...

— Oui!... Tu verras notre enfant ! conclut Jeanne.

LA

PETITE REINE

___

I

LE RETOUR

Si, causant avec un marin dieppois, vous lui demandez :

— Qui donc a découvert l'Amérique ?

Il vous répondra :

— C'est nous !

Une telle croyance devait reposer sur quelque tradition perdue. Des historiens modernes l'ont retrouvée. Ce récit, basé sur leurs patriotiques travaux, revendique à son tour une gloire française, usurpée depuis quatre siècles par l'Espagne.

Améric Vespuce ne fut que le troisième, Christophe Colomb ne fut que le second, le premier se nommait Robert Cousin, un capitaine du port de Dieppe.

Il avait eu pour inspirateur cet autre Dieppois, dont l'une des rues de la ville porte au moins le nom : Pierre

Descaliers, ou plutôt dom Pierre, ainsi que le désigne plus souvent la chronique normande.

Vicaire d'Arcques, il obtint les dispenses nécessaires pour se consacrer à l'étude, à l'enseignement de la cosmographie. Une ancienne chapelle, découronnée de son clocheton gothique, lui servit d'observatoire. Nous nous souvenons en avoir vu les derniers vestiges sur la hauteur de Caude-Côte.

C'est là qu'il perfectionna les quelques instruments astronomiques en usage parmi les navigateurs; là qu'il écrivit sur parchemin ces livres curieux dont la bibliothèque de Rouen conserve le spécimen; là qu'il dessina ce superbe planisphère, orné d'attributs et d'enluminures, qui, — nous expliquerons plus tard cette singularité, — se trouve actuellement en Italie, au Musée de Padoue.

On voit en haut les armes de France, en bas cette signature : *Faict à Arcques l'an 1480 par Pierre Descaliers, prestre*. Des hachures vagues, une sorte d'ombre y présuppose le continent américain. Ce prophète, ce voyant, l'avait deviné.

Un utopiste!... un fou! disaient ses contemporains. Le vulgaire s'en moquait. Deux seuls hommes, parmi ses élèves, avaient eu foi dans le génie du maître : Robert Cousin et son frère Mathias, le plus riche armateur d'alors. Encore ce dernier ne faisait-il guère que subir l'entraînement des deux autres.

Un jour, devant la carte qui servait à sa démonstration, le vieux savant lui avait dit :

— Mathias, l'harmonie de ce globe ne saurait comporter, autour de si peu de terre, une telle immensité d'eau... La géographie de Ptolémée nous trompe...

Marco-Polo n'a pas tout vu... Neuf dixièmes d'Océan ?...
Un seul continent, et rien de l'autre côté ?... Non !...
L'univers est un composé d'équilibres ayant pour régu-
lateur la volonté de Dieu... Il a mis là quelque chose,
une pondération, un équivalent à la masse formée par
l'Europe, l'Asie et l'Afrique... Et ces deux mondes frères
resteraient inconnus l'un à l'autre !... Pourquoi ?... Le
Créateur n'a rien établi qui ne soit juste, et tout se tient
dans son œuvre... Elle semble dire à l'homme : Cherche, tu trouveras !...

Robert, à son tour, prit la parole :

— Souviens-toi, frère, des Sagas et de l'Edda, ces
poétiques légendes des Scandinaves, qui s'attribuaient
alors le titre de Rois de la mer. Elles attestent de lointaines découvertes réalisées par Eric le Rouge, un de
leurs chefs... Les Islandais racontent qu'ils eurent, au
nord-ouest, deux établissements, le Vinland et le Mar-
kland... Plus loin, un grand banc de sable, une terre de
glace... Le passage s'est refermé depuis un siècle... Que
sont-elles devenues, ces colonies fantômes ?

— Peut-être, reprit dom Pierre, elles se sont peu-
plées... elles nous attendent... mais sous une latitude
plus habitable... mes calculs, un instinct, tout me dit
que cet autre monde s'étend peut-être d'un pôle à l'autre... et c'est en plein ouest, beaucoup plus au sud, que
devra se diriger Robert... quand il partira....

Le départ était déjà résolu, mais l'argent manquait
encore, lorsque Descaliers mourut. Les frères Cousin
lui avaient promis de continuer son œuvre. Les regrets,
les souvenirs qu'il laissait, amenèrent quelques souscrip-
teurs, comme on dirait aujourd'hui. On se gardait bien
d'avouer la destination réelle. « Un voyage de décou-

vertes ! » disait-on. Mathias hasarda une somme importante, Robert tout ce qu'il possédait. Une cinquantaine
de hardis matelots, pleins de confiance en lui, s'enrôlè-
rent à l'aventure. Le navire, une hourque, était déjà sur
le chantier. En mémoire du défunt, ce serait le *Saint-
Pierre*. Il allait être lancé quand survint un navigateur espagnol nommé Vanez. Il se présente, offre quelque argent, se fait nommer le second du capitaine
Cousin, active les derniers préparatifs. « Il y a, disait-
il, en Portugal, en Espagne, des hommes qui visent
au même but... Hâtons-nous pour être les premiers!
Quinze jours plus tard, le *Saint-Pierre* mettait à la
voile.

Il était parti depuis près d'une année. Pas de nouvelles!... On le croyait perdu. Toutes sortes de colères se
déchaînaient contre Mathias. Les négociants lui rede-
mandaient leurs avances : les femmes, un mari, un frère.
un enfant. « Comment avait-on pu se risquer à ce point!
Naviguer à l'ouest, toujours à l'ouest, quelle folie! C'était
vouloir tomber dans le vide, ou dans les réservoirs du
déluge ! » Tel était le préjugé de cette époque.

Un matin de septembre 1791, le bruit se répandit tout
à coup que le *Saint-Pierre* était signalé, qu'il attendait
le flot pour rentrer au port.

Je laisse à penser la joie, l'animation, le tumulte.
Dieppe était alors une ville de soixante mille âmes, notre première cité maritime. Sur l'emplacement de cette
magnifique plage, où se promènent aujourd'hui nos élé-
gantes baigneuses, s'élevaient de vieux remparts, battus
par la marée. Ils allaient jusqu'au bassin, que défendait
une dernière tour : la tour aux Crabes. Sur tous ces cré-
neaux, une foule impatiente attendait, regardant au loin

le navire ressuscité. Déjà, s'empressant à sa rencontre, toutes les barques étaient en mer.

Un seul canot, celui qui portait Mathias, accosta la hourque. Robert, souriant et glorieux, se tenait en haut de l'escalier. Après un embrassement, les deux frères se dirigèrent ensemble vers le panneau de la poupe.

Eh bien? avait questionné l'armateur à voix basse.

Le capitaine lui répondit sur le même ton, par un seul mot grec, en souvenir de leur vieux maître.

— *Eureka!...* J'ai trouvé!...

— Chut! fit Mathias, on nous écoute!

A cette époque, où l'Etat n'entrait pour rien dans les découvertes des navigateurs, et ne les garantissait même pas, chacun d'eux s'appliquait à les tenir secrètes. Les matelots eux-mêmes se rendaient à peine compte du point géographique où le navire abordait; le capitaine seul en avait conscience.

Ils descendirent dans la cabine, ils s'y renfermèrent à l'abri de toute oreille et de tous regards indiscrets.

— Avant même de t'expliquer ma réussite, dit alors Robert, je vais t'en fournir les preuves...

Et, faisant jouer une cloison mobile qui masquait l'un des angles, il ajouta:

— Regarde!

12

UNE PREUVE VIVANTE

Mathias ne put retenir une exclamation de surprise.

Dans cet étroit espace, éclairé par un vif rayon de soleil, il venait d'apercevoir des étoffes, des ornements, des palmes, des feuillages inconnus... et, parmi ces témoignages d'un nouveau monde, une fillette de six à sept ans, une étrange et mignonne créature qui semblait résumer en elle toutes les perfections de sa race, encore ignorée de la nôtre.

Une noire chevelure, aux reflets bleuâtres, voilait à demi ce frais visage d'une teinte et d'une transparence ambrée. Les dents brillaient, éclatantes de blancheur, entre les lèvres vermeilles ; entre leurs longs cils d'ébène, de grands yeux de gazelle effarouchée.

Elle avait eu peur ; et, toute palpitante, elle cherchait à fuir, ou du moins à se cacher sous les tentures.

Le geste affectueux et paternel du capitaine parvint à calmer la sauvage enfant.

— Brésilia ! lui dit-il en espaçant les mots sur lesquels il appuyait, Brésilia, ne crains rien... c'est un ami... c'est mon frère...

— Frère !... ami !... répéta-t-elle d'une voix gutturale, mais douce et timbrée comme un chant d'oiseau.

Et, sur une invitation plus pressante, elle se rapprocha quelque peu.

Il y avait de la grâce dans ses moindres mouvements. L'étoffe chatoyante, qui lui formait un costume bizarre, laissait voir des restes de tatouage sur ses membres nus et d'une forme exquise. Rien de pur comme ses traits. Elle se prit à sourire, et devint encore plus charmante. Tels devaient être, aux premiers jours de la création, les enfants qui naquirent sous le regard de Dieu.

— C'est ma preuve vivante! dit Robert, elle remplacera la fille que nous avons perdue et que pleure encore ma pauvre Thérèse... Oh! chère femme! et je ne t'en parlais pas, Mathias! comment a-t-elle supporté cette longue absence?

— Avec la tristesse, répondit celui-ci, mais avec la résignation d'une épouse vraiment chrétienne. Je ne doute pas qu'elle n'adopte cette petite, et que ce ne lui soit une consolation...

— Ce sera sa part, conclut le capitaine. Quant à toi, frère, voici la tienne.

Il désignait un coffret, que l'armateur s'empressa d'ouvrir.

— De la poudre d'or! s'écria-t-il aussitôt, des diamants! des pierreries de toutes couleurs!

Et déjà son regard sollicitait des explications!

— Chez nous! dit Robert, il me tarde de revoir Thérèse, et de remettre cette enfant sous sa garde... Après quoi, lecture vous sera donnée du journal de mon voyage... Voici le navire qui reprend sa course... Remontons!

C'était par un temps splendide. La marée, le vent, tout favorisait le retour du *Saint-Pierre*. Il fut bientôt à l'entrée du port. Sur les jetées, sur les murailles, une foule enthousiaste le saluait de ses acclamations et de ses bravos.

— Mais, observa Mathias, je ne vois pas ton second, cet Espagnol...

— J'ai dû me priver de ses services, interrompit le capitaine, il est aux fers dans la cale.

— Pour quel crime?

— Mon rapport te l'apprendra... Voici son remplaçant, Jean-Louis, un des plus jeunes, mais le plus habile, le plus hardi, le plus fidèle de tout l'équipage....

Le nouveau second salua. C'était un alerte et jovial Dieppois, qui rougissait encore comme une jeune fille. Il reçut ses instructions, tandis que la hourque s'embouquait dans le chenal entre une double bordée de : Noël! Noël!... hurrah! bravo! Vive Robert Cousin!... Vive le *Saint-Pierre*.

L'armateur voulut se dérober à l'ovation, lui et son trésor.

— Je me charge de la cassette! dit-il, échappons-nous au plus vite...

— Nous pouvons, proposa le capitaine, requérir l'aide de deux matelots...

— Inutile! répliqua Mathias, j'ai la poigne de nos ancêtres, ces vieux Normands de la conquête, aux bras desquels le butin ne semblait jamais trop lourd.

— Soit! conclut Robert, je porterai l'enfant!...

Un instant plus tard, le navire, dont Jean-Louis venait de prendre le commandement, accostait. De toutes parts, sur le quai, c'étaient de grands gestes et de grands cris : « Ohé! Nicolas! François! Césaire! » Ils répondaient par des noms de femme : « Mathurine! Isabeau! Poinon!... Eh! oui! c'est moi, c'est nous, sans avaries! »

On se reconnaissait, on s'embrassait. Chacun pour soi maintenant. Les deux frères disparurent, chacun portant son fardeau.

La petite sauvagesse était enveloppée dans une couverture qui la rendait invisible.

Du reste, la maison n'était qu'à deux pas.

III

THÉRÈSE

C'était un bon vieux logis normand, moitié briques et moitié bois. L'étalage formait saillie au dehors. La maitresse poutre et les poutrelles étaient chargées de sculptures allégoriques. A l'intérieur, une cour et même un jardin. Dans les appartements, tout le confortable possible au quinzième siècle.

Les frères Cousin habitaient sous le même toit patrimonial. Mathias était le plus riche et, comme on l'aura déjà pressenti, le plus intéressé des deux.

Il avait perdu sa femme peu de temps après la naissance de leur fils unique, qui venait d'avoir treize ans. C'était sa tante Thérèse, la femme de Robert, qui l'avait élevé. Une vraie mère, surtout depuis la mort de son dernier enfant, une petite fille qu'elle adorait.

Ce malheur était arrivé quelques mois avant le voyage de découvertes. Nous venons d'entendre, à bord du *Saint-Pierre*, quelques mots relatifs à Thérèse Cousin.

Une mère inconsolable!... Une épouse qui n'espérait plus revoir son mari!

Avez-vous songé parfois aux femmes des marins?... A chaque départ, les voilà de nouveau veuves!... Elles sont restées sur la grève, cherchant encore à l'horizon la forme évanouie du navire... Reviendra-t-il avec l'absent!... Elles rentrent seules à la maison... Pour combien de jours?... et comme les heures vont leur paraître lentes!... Que de fois, les yeux fixés sur l'aiguille qui les mesure, elles les compteront en se demandant : Où peut-il être!... Dès que gronde l'Océan, leur cœur tressaille... Tempêtes et naufrages passent dans leurs rêves... Après tant d'angoisses, quand c'est enfin le retour, il y a, dans leur joie même, quelque chose de grave et d'amer, qui ressemble encore à de la mélancolie, à de l'incrédulité. On aura si peu le temps d'être heureux!

Telles étaient en ce moment les impressions de la femme du capitaine. Son neveu, le gentil Marcel, l'avait prévenue. Elle attendait.

C'est une femme jeune encore, au pâle visage, au tendre regard, au doux sourire. Ses cheveux blanchissent prématurément sous sa coiffe noire. Elle n'a pas quitté le deuil de son enfant. Elle a cette simplicité chrétienne, ce charme touchant et modeste qui caractérisent les saintes sculptées, ou peintes par les artistes idéalistes du moyen âge.

Une porte vient de s'ouvrir en bas, Marcel s'est écrié :

— Le voici!

Quelqu'un monte rapidement. C'est Robert! Il se précipite vers Thérèse, il l'étreint contre son cœur.

Puis tous deux, les mains dans les mains, ils se regardent en silence... et c'est un autre embrassement.

Mais quels sont ces cris enfantins qui les réveillent de leur extase? Ils regardent, ils aperçoivent Brésilia qui, oubliée sur un siége en arrivant, se dégage de la couverture qui l'enveloppe. Marcel est là, immobile et surpris à l'aspect de la petite étrangère. Celle-ci, toute contente de voir ce jeune compagnon, guère plus âgé qu'elle-même, lui souhaite le bonjour par un rire joyeux.

— Quelle est cette enfant? questionna Thérèse.

— Une orpheline! répondit son mari, une exilée!... Je souhaite qu'elle remplace, auprès de toi, le cher ange que nous a repris le Ciel!

La pauvre mère eut un geste de protestation.

— Attends! dit Robert, attends de la connaître avant de te prononcer... Tu l'adopteras, tu l'aimeras... Tiens!.. regarde Marcel... il partage déjà la sympathie qu'elle lui témoigne... et nous allons la laisser sous sa garde... tandis que je vais satisfaire la juste curiosité de Mathias... Il s'impatiente.

Effectivement, l'armateur ne s'était arrêté que sur le seuil d'une seconde pièce, le *retrait* aux affaires importantes et qui réclamaient un certain mystère. Du regard et du geste, il appelait le capitaine.

Celui-ci, avant de rejoindre son frère, se retourna vers son jeune neveu :

— Marcel, tu m'as entendu, je te confie Brésilia... Faites connaissance...Traite-la comme une sœur... Mais prends garde, et n'ouvre pas même la fenêtre... C'est un oiseau que nous apprivoiserons, je l'espère... mais qui ne songe encore qu'à s'envoler...

5.

Tout en parlant ainsi, Robert avait pris la clef de la première porte. Il entraînait sa femme vers la seconde :

— Viens !... nous n'avons pas de secrets pour toi, Thérèse...

Ils disparurent à la suite de Mathias, et les deux enfants restèrent seuls.

Le *retrait*, refermé maintenant, n'occupait que l'espace exigu d'une tourelle. Pour tous meubles, une sorte de casier, des réductions de navire, deux hautes chaises sculptées, quelques escabeaux, et la table de chêne.

Mathias y posa la cassette et l'ouvrit, afin d'en examiner le contenu, tout en écoutant la lecture du rapport.

C'était un homme entre deux âges, large d'encolure, haut en couleur et quelque peu ventripotent. Sa prestance, sa physionomie, ses paroles avaient l'autorité que donne la fortune. L'âpreté au gain, l'intelligence des affaires brillaient dans son regard, sous de gros sourcils en broussailles. Rappelez-vous ces portraits de bourgmestres que burinait alors Albert Dürer ; il leur ressemblait, mais avec une certaine nuance maritime et le vrai type normand. Il portait l'ample houppelande et le mortier garni de fourrures des riches armateurs dieppois.

Son frère Robert, de quelques années plus jeune, était au contraire élancé, nerveux, alerte. Une tout autre nature. Son visage, des plus sympathiques, exprimait à la fois l'énergie et la bonté. Il avait dans le regard cette vague poésie qui distingue tous les chercheurs d'idéal. C'était un franc et hardi marin, mais avec des aspirations d'artiste.

Il s'était attablé, feuilletant déjà les notes de voyage, à l'aide desquelles il ne tarda pas à commencer son récit :

IV

RELATION DE VOYAGE

« Je passe, dit le capitaine, les premières pages, qui n'ont trait qu'à notre navigation sur les côtes de France et d'Espagne. Le but avoué du voyage étant, comme d'habitude, nos comptoirs d'Afrique, je poursuivis cette route jusqu'à la hauteur des îles Canaries, où nous nous ravitaillâmes. Là doit prendre place un premier incident, qui ne me sembla pas alors valoir une mention particulière. Je ne lis donc pas, je raconte.

« Mon second Yanez, se trouvant à terre avec moi, fut rencontré par un de ses compatriotes qui le salua du nom de Vincent Pinzon. Je lui manifestai ma surprise. « Quoi ! vous ne vous appelez donc pas Yanez? — Si fait!... me répondit-il, un Espagnol a plusieurs noms : je n'ai pas cru devoir les donner tous en m'enrôlant à votre bord. » Je lui déclarai que cette omission devait être réparée s'il restait dans la marine dieppoise, où les choses se pratiquent régulièrement, loyalement, et je n'y pensai plus. Je devais plus tard m'en souvenir.

« Nous reprîmes la mer le 27 avril.. Une brise soufflant de l'est me poussait au large, je lui obéis... Quelques jours plus tard, le *Saint-Pierre* rencontrait un courant qui précipita sa course dans cette même direction... Le même vent persistait constant et plus fort...

Tout favorisait mon dessein... Je me lançai résolûment en plein Océan ; en plein Ouest, comme me l'avait recommandé notre maitre.

« Que de fois n'ai-je pas eu recours à ces ingénieux instruments, dont il m'avait appris l'usage, et qui permettaient, grâce aux astres, de me figurer le point mathématique où la hourque filait à toutes voiles ! Le temps ne se démentait pas... Toujours propice... Aux heures de doute, une ardente prière me rendait la foi, l'enthousiasme ; et, comme les croisés marchant vers la Terre Sainte, je me répétais : Dieu le veut !... Dieu le veut ! »

. . . .

Robert avait articulé ces derniers mots d'une voix inspirée. La main de Thérèse chercha celle de son mari. Mathias, au contraire, eut dans la gorge un certain hum ! hum ! protestant contre l'élan de ces deux âmes, que ne pouvait plus suivre la sienne.

« Cependant, reprit le capitaine, déjà plus d'un mois s'était écoulé. Les matelots commencèrent à s'inquiéter de ne plus rien apercevoir à l'horizon. Je les rassurai par quelques paroles, et surtout par le calme que j'affectais moi-même, mais, hélas ! sans que rien confirmât mon espoir... Toujours le ciel et l'eau !... l'immensité !... l'inconnu !... Je sentais s'accroître autour de moi les alarmes de l'équipage, et j'en retrouve à chaque feuillet la trace... Le 13, des murmures se font entendre à mon approche... Le 14, conciliabule dans l'entrepont, mais la vigie signale comme des montagnes lointaines... Le navire y court, toutes voiles dehors... Ce sont des nuages... 15, on me somme de rebrousser chemin... Je résiste et prends en main le gouvernail... Le lendemain des bandes d'oiseaux voltigent sur nos têtes, et ce pre-

mier indice relève les courages... 17, des poissons abondent dans nos eaux, ils sont reconnus pour être de
ceux qui ne s'éloignent guère de la côte... La confiance
renaît... Trois jours de grâce me sont accordés... 18,
encore des oiseaux. Vers le soir, la mer se couvre
d'herbes flottantes... 19, au matin, un rameau d'épines
chargé de fruits !... Plus tard, on recueille à bord une
planche travaillée de main d'homme... Herbes plus
nombreuses et mélangées de joncs... Une brise impré-
gnée de senteurs végétales nous arrive avec la nuit...
Plus de doute ! ce sera pour l'aube prochaine !... Avec
quelle impatience nous l'attendons !... Le soleil se lève...
Rien !... rien !... N'avions-nous pas dépassé quelque
île ?... La révolte éclate... Je la dompte et maintiens
énergiquement mon droit... Encore un jour !... Le dernier !... On s'y résigne à grand'peine... Mais la fatigue
m'accable, et c'est contre le sommeil qu'il me faut lutter... Un cri me réveille : « Terre ! terre ! » Ah ! je
n'étais donc pas un fou ! J'ai réussi !...

. . . .

— Enfin ! murmura l'armateur, voilà du positif !...
— Dieu soit loué ! fit Thérèse.
Le capitaine Coasia poursuivit :
« Je ne vous décrirai pas la joie des matelots ; ils
avaient voulu, quelques heures auparavant, me jeter à la
mer, et maintenant ils me portaient en triomphe... Vers
midi nous entrions dans un fleuve où nous poussait la
marée... Sa largeur est telle que, même en temps clair
et très-avant dans son embouchure, la longue-vue ne
permet d'apercevoir à la fois qu'une de ses rives... Nous
en approchâmes, émerveillés du magnifique spectacle
qui se déroulait à nos regards... Ah ! quel pays ! quelle

végétation!... Des palmiers, des bananiers, une foule
d'arbres inconnus et gigantesques, avec toutes sortes
de lianes suspendues à leurs rameaux... Dans ces forêts
vierges, où le gibier foisonne, des singes, des autruches,
des perroquets aux brillantes couleurs, des colibris et
des oiseaux-mouches pareils à des tourbillons de pierreries... Il s'y trouve d'immenses clairières où paissent
en liberté d'innombrables troupeaux sauvages... Partout les fleurs et les fruits abondent... La pureté de l'at-
mosphère atteste la douceur du climat... Impossible de
rêver une terre plus riche, un plus beau ciel! »

. . . .

— Mais, interrogea Mathias, mais les habitants?

« Aucun d'eux ne s'était montré, répondit Robert,
lorsque tout à coup, de l'autre côté d'une pointe ro-
cheuse où tournait le fleuve, nous aperçûmes des tentes
bariolées sur la lisière des bois... C'était au fond d'une
anse que borde une prairie... En face, un îlot, tout couvert d'arbres aux larges feuilles, aux fleurs odorantes.
On eût dit un énorme bouquet flottant sur les eaux...
Deux palissades, peintes de pourpre et d'azur, le ratta-
chaient au rivage et fermaient un bassin, à l'abri des
crocodiles, dans lequel nous ne tardâmes pas à distin-
guer des formes humaines nageant, plongeant ou se
pourchassant avec des acclamations joyeuses... Au son
des voix se reconnaissaient des jeunes filles. Elles semblaient gardées par une troupe en armes qui se tenait
sur la berge. »

. . . .

— Quoi! fit l'armateur, des soldats?

« Je le crus d'abord, dit le capitaine. Ces arcs, ces
javelots et ces boucliers, cette attitude guerrière, tout

me disait : « Voilà des hommes ! » Eh bien ! non...
c'étaient des femmes...

— Des Amazones ?

— Oui, des Amazones, et qui ne se troublèrent pas à
notre aspect... De la curiosité, voilà tout... Elles avaient
resserré leurs rangs. Le *Saint-Pierre* filait toujours, et
l'île au feuillage épais nous masqua ce tableau... A la
pointe opposée, j'inclinai vers la terre ferme, et nous
mouillâmes... Plus personne dans le bassin... Vers le
milieu de la clairière, les Amazones restaient sur la
défensive. Je fis descendre le grand canot, j'y pris place
avec vingt hommes armés de leurs arquebuses. Mes intentions étaient pacifiques. Cependant, comme nous
pouvions être menacés, attaqués par toute une peuplade,
j'ordonnai à Yanèz, qui restait à bord, de charger les
coulevrines, mais seulement à poudre et pour effrayer,
s'il le fallait. Quelques minutes plus tard, nous abor
dions.

« Les Amazones attendaient, silencieuses, étonnées,
nullement hostiles. A moitié distance, je commandai
halte à mes hommes, et continuai de m'avancer seul,
en parlementaire. Le langage des gestes étant le seul
possible, ce fut celui que j'employai, m'efforçant de
faire comprendre que nous n'étions pas des ennemis,
bien au contraire ; et j'eusse réussi sans aucun doute au
nom de l'humanité, au nom de la France. Mais l'Espagnol Yanèz ne me le permit pas...

« Tout à coup, au moment même où le rapprochement s'opérait, les coulevrines tirèrent à mitraille...
J'entendis le plomb siffler à mes oreilles, et ma première pensée fut celle-ci : « Il a donc voulu se défaire
de moi ! » Ah ! c'est que, depuis quelques heures, en

présence de ce nouveau monde, j'avais lu dans ses yeux la convoitise et la jalousie. Une jalousie espagnole.

« Mais ne nous appesantissons pas sur ce premier grief. Un miracle m'avait préservé... Plusieurs cadavres gisaient dans l'herbe... Le reste de la troupe s'enfuyait épouvanté... Vainement, je tentai de rejoindre ou de ramener les guerrières. Elles avaient disparu dans la forêt.

« C'eût été folie de nous y engager à leur poursuite... Déjà des flèches nous arrivaient... Je donnai le signal de la retraite.

« Au moment où nous remontions dans notre barque, des coups de feu, des clameurs retentirent sur l'îlot... Les baigneuses s'y étaient tout d'abord réfugiées, cachées... A l'explosion des couleuvrines, un cri d'effroi les avait trahies... Yanèz Pinzon les attaquait, les massacrait sans pitié.

« Quand je survins, mais trop tard, une seule créature restait vivante, une enfant, celle que nous venons de laisser avec Marcel.

« Tout porte à croire que c'était une des reines, une des divinités du pays... Ses gardiennes avaient bravement combattu pour la défendre... Rappelle-toi, frère, les riches étoffes qui parent ma cabine, regarde les diamants contenus dans ce coffret, ce sont leurs dépouilles... Pinzon prétendit me les disputer... J'eus raison de son insolence, et l'accablai de reproches. Il avait cru, allégua-t-il pour sa justification, que les autres m'attaquaient.

« Cependant, des représailles étaient à craindre... Je profitai de l'èbe pour redescendre le fleuve... Il était temps; déjà des pirogues, chargées de sauvages au teint cuivré, se détachaient de la rive et nous criblaient d'une grêle de traits... Heureusement, nous avions pour nous la brise et le courant.

« Le *Saint-Pierre* distança cette nuée de vengeurs... Je me dirigeai vers l'autre rive, où nous abordâmes vers l'embouchure... Elle est bien autrement large que je ne l'avais supposé d'abord... Un vrai bras de mer.

Je m'abouchai sans peine avec une autre peuplade inoffensive et bienveillante, dont j'obtins, moyennant une partie de ma pacotille, des grains et de la viande séchée, ces pépites et cette poudre d'or, quelques échantillons de bois, celui surtout d'un arbre magnifique et qui croit en abondance dans ces parages. Les naturels du pays l'appellent *Brésil*. Notre petite prisonnière, quand ces deux syllabes frappèrent son oreille, se désigna elle même : Brésilia! Brésilia! C'est ainsi que nous avons appris son nom [1].

« Mais il fallait songer au retour. Le sang versé porte malheur. Tout se mit contre nous, les flots et les vents. Aujourd'hui le calme, demain la tempête. Je dus relâcher à l'île de Fer, puis aux Canaries. La trahison de Yanèz devenait manifeste. Je l'avais surpris déchiffrant mes notes et mes calculs qu'il venait de dérober. Il a voulu plus tard, nous en avons les preuves, il a voulu faire échouer le navire sur les côtes d'Espagne, dans l'intention d'attribuer à son pays, à lui-même, l'honneur et les avantages de ma découverte. Enfin, par ses

[1] Le nom de l'arbre devint aussi celui de la contrée. C'est au Brésil qu'avait abordé Cousin. Le fleuve dont il parle, c'est le fleuve des Amazones.

suggestions perfides, un complot, dont il était l'âme, se
tramait à mon bord, et j'en eusse été victime sans
l'énergique dévouement de Jean-Louis, qui, sur mon
ordre, se saisit du traître et l'enchaîna dans la fosse
aux lions. Jamais cette cage ne fut mieux nommée, car
il s'était débattu comme une bête fauve.

« Je me résume. Cette terre que je n'ai fait qu'entre-
voir est immense, peuplée, d'une incroyable richesse.
Une des grandes nations maritimes de l'Europe pourrait
seule la conquérir, ou du moins en prendre possession.
Ce sera sa fortune et sa gloire. Il faut que ce soit la
France.

« Mon avis est que nous partions sans retard pour
aller l'offrir au Roi. Hâtons-nous de régler le compte des
associés qui, pour des sommes peu importantes, avaient
concouru à l'entreprise. Je souhaite, Mathias, que nous
en devenions les seuls maîtres... après Dieu ! »

. . . .

L'armateur répondit :

— J'avais prévenu ton désir, frère, et racheté les créan-
ces de ceux qui doutaient de toi... Personne n'a plus
le droit d'intervenir... Allons payer les matelots, et
juger l'Espagnol. Oui, le temps presse... Nous partirons
dès demain... A ce soir, Thérèse !

Et, par une autre issue, les deux frères sortirent

V

LA REINE DES AMAZONES

Une reine de sept ans. Une petite reine déjà dé-
trônée, toute dépaysée, toute sauvage.

Cependant, son long séjour dans la cabine du *Saint-
Pierre* avait été pour elle une première initiation à la
vie européenne. Les soins, les bontés du capitaine, qui
la traitait paternellement, en étaient arrivés, non sans
peine, à la radoucir, à l'apprivoiser quelque peu. Certaines habitudes ne l'étonnaient plus ; elle avait appris
quelques mots de français.

Rien d'intelligent, mais rien de farouche comme
cette fillette. La première fois qu'on lui permit de mon-
ter sur le pont, elle s'était jetée à la mer, elle avait
nagé vers sa patrie, vers son royaume. C'était dans des
parages infestés de requins. Robert lui-même avait
sauvé la fugitive ; il s'était efforcé de lui faire comprendre le péril qu'ils venaient de courir tous les deux.
Du geste, du regard, elle avait clairement répondu :

— Qu'importe la mort ?... Avant tout, la liberté !...

Une consigne de plusieurs jours s'en était suivie,
durant lesquels se démontra du reste l'impossibilité de
sa délivrance. Elle finit par répéter ce mot du capitaine :

— Loin ! trop loin !

Elle se résignait, mais à la façon de ces oiseaux cap-

tifs qui ne cherchent plus à se briser la tête contre les
barreaux de leur cage. Une morne tristesse l'accablait.
On eût dit qu'elle allait mourir.

Au regret de l'avoir capturée, son gardien redoubla
d'égards et de tendresses. Il parvint à la ranimer par cet
espoir qu'on retournerait un jour là-bas... bientôt...
qu'il fallait avoir patience.

Elle allait mieux quand le navire arriva. Sortir de la
cabine, n'était-ce pas ce qui s'appelle de nos jours une
commutation de peine. Cette chambre dans laquelle on
l'avait apportée, c'était une nouvelle prison, mais
agrandie, plus lumineuse et plus riante. Et puis il y
avait là Marcel, qui, tout de suite, dès le premier coup
d'œil, avait fait la conquête de la prisonnière.

Il le méritait, parbleu ! Figurez-vous un adolescent
pourvu de tous les attraits de la juvénilité normande.
Une chevelure d'or, de beaux yeux bleus, le visage
avenant, la fraîcheur même. Avec cela, gracieux, leste
et gai. Tant d'enjouement et de bienveillance dans le
sourire, que sa future compagne s'était dit aussitôt:

— Voilà un ami !

Elle lui plut également. Il s'approcha, l'aidant à se
débarrasser du manteau qui l'enveloppait encore, à se
tenir debout contre le dossier de la haute chaise, dont
les sculptures l'encadrèrent.

— Mais est-elle donc mignonne et gentille ! murmura
le jeune garçon.

La bambine devina bien que c'était un compliment.
Elle riait.

Lui de même. Il la toucha du bout du doigt en redi-
sant, sur le mode interrogatif, ce nom, qui venait de le
frapper au passage :

— — Brésilia !...

Elle inclina sa jolie tête affirmativement. Puis, d'un coup d'œil et d'un signe facile à traduire :

— — Et toi ? questionna-t-elle.

— — Marcel, répondit-il.

Comme pour se graver dans la mémoire ces deux syllabes, qui lui semblaient des plus harmonieuses, elle répéta plusieurs fois :

— Marcel ! Marcel ! Marcel !

Il lui tendit les bras, elle lui jeta les siens autour du cou, de telle sorte qu'il n'eut qu'à rapprocher les mains pour qu'elle se trouvât commodément assise à la hauteur de sa ceinture.

Ce fut ainsi que, la transportant çà et là, il fit le tour de la vaste chambre où se trouvait rassemblé tout le luxe d'un bourgeois d'alors. Étrange et curieux spectacle pour cette enfant de la nature, qui ne connaissait encore des merveilles de la civilisation que la cabine *du Saint-Pierre !* Meubles, lambris, tentures, les moindres accessoires, tout l'étonnait. Elle désira grimper sur le bahut que surmontait un miroir d'acier poli. Quelle surprise d'y retrouver son image !... Un grand lit-parade à colonnes, à baldaquin, qui ne servait guère qu'aux hôtes de distinction, attira son regard. « Pourquoi faire ? » demandait-elle. Marcel ferma les yeux et pencha la tête en murmurant : « Dormir !... » Brésilia voulut s'y coucher, s'y rouler... Un instant plus tard, elle jouait avec la quenouille et le rouet de dame Thérèse, que Marcel avait mis en mouvement... La toilette n'était qu'à deux pas. Il s'arma du peigne, il en démontra l'emploi sur ses cheveux blonds, puis sur les cheveux noirs de la petite sauvagesse ; mais elle s'enfuit aussitôt, bondissant

jusqu'à la fenêtre. Elle n'avait pas encore regardé au
dehors. Quel tableau ! quel panorama ! Ce n'étaient
plus des pirogues ou des huttes, mais de hautes maisons,
une ville... un port... des voiles et des bateaux de toutes
formes, de toutes couleurs... L'encombrement, l'animation du quai... partout des marchandises... une grue,
de ce côté.. de l'autre, la mâture... en face, les fau-
boug et les remparts du Pollet... çà et là des cabarets,
des chariots, des cavaliers. Au lointain, l'église, dont
toutes les cloches sonnaient leurs carillons de fête. La
foule, enfin, la foule mise en émoi par le retour du
navire, et qui grossissait encore pour assister au débarquement des matelots... Pas une classe de la population
normande qui ne s'y trouvât représentée... voire même
la campagne, par les grands bonnets des Cauchoises, et
la garnison, par quelques casques empanachés, par
quelques cuirasses étincelantes.

Nous renonçons à peindre l'émerveillement de Brésilia. Elle n'avait pas assez de ses grands yeux pour
tout voir. Elle se retournait vers Marcel, lui désignant
ceci, le questionnant à propos de cela. Et c'étaient des
surprises, des battements de mains, des rires et des
cris de joie. Tout lui semblait nouveau, curieux, amusant, jusqu'aux losanges de verre que traversait son
regard et que sa main faillit briser.

Tout à coup, dans les groupes, une bousculade se
produisit, accompagnée de violentes exclamations. La
petite reine eut peur ; elle se rejeta dans les bras de
Marcel, qui, tout fier de son gracieux fardeau, se mit en
devoir de le porter jusqu'à l'autre bout de la chambre,
où, depuis un instant, venait d'apparaître Thérèse.

Elle regardait la jeune étrangère en se disant :

— Notre fille aurait cet âge !

Son neveu la lui présentait. Mais Brésilia ne l'entendait pas encore ainsi. Elle lui glissa dans les mains ; elle s'enfuit, cherchant à se cacher derrière les rideaux.

Marcel, au lieu de la poursuivre, continua de se rapprocher du siége occupé par sa tante. Il l'embrassa, tout en affectant d'autre part le mécontentement, l'indifférence. La fillette revint d'elle-même ; elle lui prit la main, elle le contraignit à se retourner vers elle, et, toute chagrine à son tour, par son expressive mimique, elle lui demanda :

— Qu'as-tu ?... Que t'ai-je fait ? Que faut-il faire pour que tu me pardonnes ?

En lui montrant Thérèse, il répondit, mais par le geste et le regard bien plus encore que par la voix :

— L'embrasser ! l'aimer ! Elle est bonne ! bien bonne ! une mère !

Brésilia paraissait comprendre. Elle avançait, elle avançait toujours vers celle qui lui tendait les mains, la trouvant de plus en plus charmante.

L'enfant, par un bond léger, lui sauta sur les genoux. Ses deux bras l'enlacèrent. C'était la taille, le poids, la douce chaleur, le cher frémissement de la fille qu'elle avait perdue.

— C'est ma mère ! dit Marcel, et ce sera la tienne aussi... Donne-lui ce nom comme je le lui donne...

Et, soufflée par le garçon, la fillette répéta :

— Mère !... mère !... ma mère !...

Il y avait une année que la pauvre femme ne s'entendait plus appeler ainsi. Elle pressa l'enfant contre son cœur, elle fondit en larmes.

Puis, les caressant tour à tour :

— Je vous aimerai bien tous les deux ! fit-elle. Vous serez ma consolation... mon espoir... Reprends ta sœur, Marcel. Il faut que je m'habitue... Ça me fait trop de mal !... Ne vous attristez pas de mes pleurs... Jouez ! jouez, mes enfants... je vous regarde...

Ils obéirent, et la promenade à travers le mobilier recommença.

La petite reine fit halte devant le prie-Dieu, qu'elle n'avait pas encore remarqué. Sa pantomime sollicitait une explication. Marcel s'agenouillant, les mains jointes et les yeux levés vers le crucifix :

— Dieu !... lui dit-il.

— Non ! répliqua vivement la jeune idolâtre. Dieu... le voilà !

Elle désignait le rayon doré qui pénétrait par la fenêtre :

— Quoi ! le soleil ?

— Oui !... moi, sa fille !

Thérèse, dont la piété chrétienne était devenue plus ardente encore depuis son malheur, se dit aussitôt :

— C'est une âme à sauver !

VI

RÈGLEMENT DES COMPTES

Retournons à bord de la hourque.

Des voiles, disposées autour du tillac, le transforment en une sorte de prétoire impénétrable aux regards de quiconque n'est pas admis sur le pont du navire.

La paye se termine. Mais tout le monde est resté là. Il s'agit de juger l'Espagnol.

Mathias Cousin, l'armateur, prend place au banc de quart. A ses côtés, comme assesseurs, deux anciens capitaines au long cours. Les deux plus vieux matelots du bord complètent ce tribunal, dont l'arrêt doit être ratifié par tout l'équipage.

L'accusé comparut. C'était un homme jeune encore, de petite taille, maigre et nerveux, le teint basané, les cheveux noirs, les yeux noirs. Son profil rappelait celui des oiseaux de proie. Cependant, rien de laid, rien de vulgaire. Un audacieux. Toute la fierté de sa race.

— Vincent Yanèz Pinzon, débuta le président, lorsque tu fus admis dans la marine dieppoise, on te donna connaissance des lois et franchises qui la régissent à l'égard des étrangers. Ai-je dit la vérité? Réponds.

D'une voix rauque, l'Espagnol articula dédaigneusement ces quelques mots :

— Celui-là seul peut se défendre qui est libre !

— Soit!... fit Mathias, on va te délivrer de tes chaînes.

Et, lorsque cet ordre fut exécuté :

— La justice, reprit Mathias, impose à l'armateur, siégeant comme juge, l'obligation d'avoir payé l'étranger mis en cause. Voici l'argent qui t'est dû. Nous attendrons que tu en aies vérifié le compte.

Yanèz eut un mouvement pour refuser la bourse de cuir que lui présentait Jean-Louis. Mais, se ravisant, et sans avoir daigné l'ouvrir, il la fit disparaître dans la poche de son haut-de-chausses.

Le président, se retournant alors vers son frère :

— Capitaine, lui dit-il, expose maintenant tes griefs.

Ils sont déjà connus du lecteur : ordres méconnus ; cruautés envers les naturels d'une terre où l'on avait abordé ; abus de confiance à l'égard des notes secrètes de son supérieur ; tentative d'échouement sur la côte d'Espagne ; menées ténébreuses et poussant à la révolte d'une partie de l'équipage.

Ce réquisitoire fut modéré, laconique. Il fallait que le but inavoué de l'expédition restât dans l'ombre.

L'Espagnol le savait bien. Un sourire effleurait sa lèvre hautaine.

Quand l'armateur lui demanda ce qu'il prétendait alléguer pour sa défense.

— Rien ! dit-il, et je crois qu'on m'en saura gré. Chacun pense à la gloire, à l'intérêt de son pays.

Je ne suis pas Français, moi... je suis Espagnol.... voilà tout mon crime.

Mathias se leva, adressant la parole à l'auditoire:

— Vous avez entendu. Tous, vous avez été les témoins des méfaits de l'accusé... Quelques-uns même ont failli devenir ses complices. — Il les avait séduits par de perfides promesses, il les entraînait à l'insubordination. Votre capitaine a fait preuve d'indulgence ; il nous garantit que de tels manquements au devoir ne se renouvelleront plus... soit ! mais les enfants du port de Dieppe sont les seuls qui doivent compter sur notre pardon...

Ça et là, pendant cette mercuriale, quelques têtes s'étaient courbées, quelques fronts avaient rougi, dénonçant à la fois la faute et le repentir.

— Si quelqu'un veut plaider la défense, dit le président, qu'il s'approche.

Personne ne bougea.

— Vous ne trouvez donc pas injuste que le règle
ment soit appliqué?

Personne ne répondit.

Après que les juges se furent consultés, Mathias pro-
nonça cet arrêt :

— Vincent Yanèz Pinzon, je te déclare indigne de
servir dans la marine dieppoise, et je t'en bannis à tout
jamais, dès aujourd'hui, dès ce soir... Ainsi le veut notre loi... Ne réclamais-tu pas la liberté?... nous ne te
retenons plus... Va-t'en!...

Les rangs s'ouvrirent pour lui livrer passage. Il disparut, mais non sans ce dernier adieu à Robert :

— Qui sait? nous nous reverrons peut-être un
jour!

Les matelots aussi se trouvaient libres. Ils s'empres-
sèrent d'en profiter.

Le capitaine, resté seul avec l'armateur, lui dit :

— Tu as entendu sa menace. Il faut nous hâter,
frère...

— Je vais tout disposer pour notre départ, répondit
Mathias. Va devant... je te rejoins...

Robert retrouva Thérèse avec les deux enfants. Le
tiroir contenant les chères reliques de sa fille s'était rou-
vert pour Brésilia, qui, vêtue maintenant à l'européenne
et des jouets entre les mains, commençait à se montrer
reconnaissante envers celle qui allait lui servir de
mère.

La fille adoptive coucha dans le berceau de la fille
morte. Elle y dormait encore à l'aube du lendemain,
quand Mathias et Robert, montés sur deux bidets normands, s'éloignèrent au petit trop par la route de
Paris.

VII

PREMIERS RETARDS

Nos voyageurs apprirent à Rouen que la cour venait de partir pour Laval. C'était là qu'il fallait se rendre directement pour rencontrer au plus tôt le roi Charles VIII.

Agé de vingt et un ans, il ne prenait encore que peu de part aux affaires de l'Etat. On sait que le caractère ombrageux et jaloux de son père l'avait trop longtemps relégué dans l'oisiveté, dans lignorance. La régence de sa sœur aînée, la dame de Beaujeu, cette digne fille de Louis XI sous le rapport politique, durait toujours. Elle avait en ce moment de grandes vues sur la Bretagne, et lui faisait une rude guerre. Nous en rappellerons succinctement les causes.

La jeune duchesse Anne, — elle entrait dans sa seizième année, — était l'héritière de cette brave province qu'elle apporterait en dot à son époux. On l'avait fiancée à Maximilien d'Autriche, l'allié des Anglais. Ce mariage leur eût ouvert la France. C'était en réalité contre eux que la lutte était poursuivie.

Cependant, les Bretons avaient essuyé de cruels revers. Il ne restait plus à leur chère souveraine qu'un dernier refuge, la ville de Rennes, en ce moment assiégée par les Français.

Charles VIII s'était avancé jusqu'à Laval. On guerroyait, on négociait. Le jeune roi s'occupait surtout de tournois et de fêtes chevaleresques, lorsque survinrent nos deux Dieppois.

Ils étaient porteurs d'une lettre de Pierre Descaliers pour Georges d'Amboise, qui avait été son élève.

Par un fatal contre-temps, le futur ministre de Louis XII venait de partir pour Rome.

Mais il y avait là son frère, Charles de Chaumont, grand maitre de Rhodes, un amiral, un marin. Il serait heureux de patronner l'entreprise.

En effet, son accueil fut des plus encourageants. Il obtiendrait une audience royale.

Quelques jours se passèrent sans que la promesse se réalisât. Mathias et surtout Robert devenaient impatients. Ils assistèrent à des tournois, à des allées et venues de grands personnages : le duc d'Orléans, le fameux Dunois, le prince d'Orange. On sentait dans l'air quelque chose de mystérieux. Un grand acte se préparait.

— Hum! hum! fit un soir Mathias, j'ai grand'peur que nous ne soyons arrivés mal à propos.

L'audience enfin fut accordée. Les deux frères, introduits par leur protecteur, se virent présentés au roi.

Le fils de Louis XI ne payait pas de mine. « Il était petit de taille et laid de visage, sauf le regard, qui avait du feu et de la dignité. » Mais ses manières, sa jeunesse inspiraient une certaine sympathie. N'est-ce pas à cette époque qu'il mérita ses deux premiers surnoms : l'Affable et le Courtois?

La dame de Beaujeu, madame la Grande, était là. Elle

6.

ressemblait, par le visage comme par l'esprit, à son père,
qui disait d'elle : « C'est la moins folle femme du
monde, car, de femme sage, il n'y en a point. » Elle
avait prouvé depuis lors qu'il y en avait au moins une,
en poursuivant, avec non moins de sagacité que d'énergie, tout ce qu'il y avait eu de national dans les plans de
Louis XI. Personne autre n'eût été plus apte à comprendre ce qu'on allait lui soumettre. Mais, en ce moment,
par malheur, un tout autre dessein absorbait sa pensée.
Elle attendait, elle reçut un message pendant l'entrevue ; elle y fit réponse immédiatement, elle n'écoutait
plus qu'avec impatience.

Et pourtant c'était une éloquente supplique, celle du
capitaine Robert Cousin. Il redit son voyage, exposa
son espoir. C'était peut-être tout un monde qu'il venait
offrir à son roi. On y trouvait de l'or, des diamants, toutes sortes de richesses. Quelle gloire d'en prendre possession le premier !... Quelle source de prospérités pour
la France !

Charles VIII se laissait gagner par l'enthousiasme. La
dépêche qui lui fut communiquée le détourna tout à
coup. Quelques mots s'échangèrent à voix basse entre
sa sœur et lui. Mathias, qui prêtait l'oreille, entendit
cette conclusion :

— Avant tout, la Bretagne!

Le roi se leva, rompant l'audience par un compliment, par un remercîment banal.

— Nous aviserons ! termina-t-il avec un gracieux sa
lut, comptez sur nous...

Ainsi congédiés, nos Dieppois se retirèrent, recon-
duits par le grand maître de Rhodes, qui leur prodi-
guait l'eau bénite de cour :

— Ne vous découragez pas!... ce n'est qu'un ajour-
nement jusqu'à la paix.... Elle se prépare.... Je me
charge de parler de vous à mon frère Georges.... Il vous
avertira quand l'heure sera propice... Attendez! espérez!...

Cependant Robert n'était qu'à demi convaincu. Mathias, encore moins.

Ils rentrèrent à Dieppe vers la fin d'octobre. Grâce à
l'affection de Thérèse et de Marcel, Brésilia s'acclima-
tait. N'eussent été ses grands yeux noirs, encore sauvages, et son teint comme doré par un plus chaud soleil,
on l'eût déjà prise pour une jeune campagnarde habi-
tant depuis peu la ville.

Plus de deux mois s'écoulèrent sans rien recevoir de
Laval. Puis une grande nouvelle s'ébruita. Charles VIII
épousait la fiancée de Maximilien, l'héritière de Bretagne. La Bretagne allait se réunir à la France.

— Bien joué!... dit Mathias, voilà donc ce que l'on
négociait là-bas!... Tu dois comprendre, frère, que
nous ne pouvions réussir...

— Mais, l'interrompit Robert, à présent?

— A présent, continua l'armateur, c'est une guerre
imminente avec l'empire, avec l'Espagne, avec l'Angleterre, qui jamais ne nous pardonnera cet agrandis-
sement.., Je pense que tu devrais aller, sans retard, à
Londres pour y régler nos intérêts, tandis qu'il en est
temps encore.

Le capitaine hésitait. Une lettre de Georges d'Amboise arriva. Il était de retour, il promettait sa protection... Mais, ajoutait-il, quand nous aurons d'abord as-
suré la paix...

— Tu vois, dit Mathias, il y a urgence!...

Vers la fin de février 1492, le *Saint-Pierre* cingla vers
la côte anglaise.

Marcel accompagnait son oncle. Un premier voyage.

Brésilia, désolée de ce départ, avait été conduite par
Thérèse, jusqu'à l'extrémité du môle, afin d'échanger
avec son jeune compagnon, grimpé dans les haubans,
des signaux d'adieu. Tant que le navire fut en vue, elle
ne le quitta pas du regard. Des larmes silencieuses
ruisselaient sur son visage. Lorsque la voilure se perdit
à l'horizon, un cri de désespoir s'échappa de ses lèvres.
Elle s'évanouit.

Thérèse parvint, non sans peine, à lui faire reprendre ses sens, à la calmer. La farouche enfant ne voulait
plus rien entendre ni rien voir. Sa physionomie, sa
pantomime exprimaient cette pensée :

— Oh! maintenant qu'il est parti, rien ne m'attache
plus à ce rivage !

Et, se tournant vers l'ouest, vers son pays natal qu'un
mirage instinctif lui montrait à travers l'espace, elle eut
comme l'aspiration, comme l'élan d'un oiseau blessé
qui cherche à reprendre son vol.

VIII

LE DOCTEUR MARCEL

Robert Cousin, dès son entrée dans la Tamise, reconnut que Mathias avait deviné juste. Le mariage
de Charles VIII, en lui donnant la Bretagne, venait de

réveiller toutes les passions, toutes les convoitises an-
glaises. Henri VII avait annoncé au Parlement « le grand
dessein de recouvrer son royaume de France. » On se
croyait au temps du prince Noir; et, bien que la guerre
ne fût pas officiellement déclarée, tout se préparait pour
une nouvelle descente sur nos côtes.

De là, contre les négociants français, une sourde hos-
tilité, toutes sortes de mauvais vouloirs. Ces affaires
de l'armateur dieppois, qui n'eussent demandé qu'une
ou deux semaines en temps ordinaire, il fallut près de
trois mois pour les conduire à bonne fin. Encore vou-
lait-on retenir le *Saint-Pierre*. Son départ fut presque
une fuite.

Le capitaine, en débarquant, s'empressa de demander
s'il y avait du nouveau.

— Rien !... dit Mathias, on ne songe ici qu'à la ré-
sist ce...

— Et Thérèse ?... Et Brésilia ?...

— La mère va bien, mais l'enfant est malade. On
craint pour ses jours.

Déjà Marcel bondissait vers la maison.

Il y trouva sa petite amie tout étiolée, toute pâle.
L'hiver semblait lui avoir été mortel.

A la vue de son jeune compagnon, elle se ranima,
souriante, heureuse.

Tandis que les deux enfants renouaient connaissance,
Thérèse, à l'autre bout de la chambre, disait à son mari :

— C'est singulier, comme cette pauvre petite a pris
Marcel en affection, comme son absence l'avait rendue
triste et morne! Vainement je m'efforçais de la distraire. Un jour de découragement, je me pris à pleurer.
Elle a du cœur, et vint aussitôt, par ses caresses, sécher

mes larmes. Rien de touchant comme ses efforts pour paraître gaie! J'y parvenais mieux qu'elle, car je m'attache à cette chère créature, au point de croire qu'elle ressemble à celle que j'ai tant regrettée, que je regretterai toujours !

Thérèse, sous l'émotion des souvenirs, refoula ses pleurs, et poursuivit :

— Je promenais souvent Brésilia. Elle eut froid. La fièvre la prit, le délire. Elle revoyait son pays natal, ses forêts, ses Amazones. J'eus beau la soigner, le mal empira. Plus d'appétit. Une langueur. Ah ! ce fut ainsi de l'autre !...

En ce moment, un rire clair arriva jusqu'à l'oreille de la pauvre mère. C'était son enfant d'adoption qui riait.

— Étrange ! murmura-t-elle, c'est comme une résurrection ! On eût dit qu'elle allait mourir !

La petite reine avait entendu. Jetant ses deux bras autour du cou de Marcel, elle répondit :

— Non ! non !... plus mourir !

C'était l'heure de la visite du médecin, ou plutôt du *mire*, comme on disait alors. Il se montra précisément sur le seuil, et non moins surpris à son tour de la métamorphose qui s'opérait chez la jeune malade :

— Dieu, dit-il, fait des miracles !

Et, laissant quelques fioles et poudres pharmaceutiques, il se retira.

Brésilia venait d'avoir un geste de dégoût. Son regard semblait dire à Marcel :

— Défends-moi donc !

Il avait quatorze ans à peine. Mais, sous une apparence modeste, c'était un garçon très-intelligent, très-instruit, d'une rare initiative; il s'avança vers sa tante, et l'appelant comme d'habitude d'un nom plus tendre :

— Mère, lui demanda-t-il, veux-tu me permettre de donner mon ordonnance?

— Voyez-vous ce docteur ! fit Robert.

— Laisse-le parler, dit Thérèse. Voyons ! Marcel, que prescrirais-tu?

— D'abord et d'une, dit-il, je jetterais par la fenêtre toutes ces drogues.

Les mains amaigries de la malade se rapprochèrent vivement, et plusieurs fois, comme pour un applaudissement.

— Mais par quoi les remplacer ! questionna l'oncle.

— Par celui dont elle nous a dit un jour qu'elle était la fille, par le soleil !...

— Ne l'avons-nous pas ici? Ne vois-tu donc pas qu'il brille?

Effectivement, c'était par un beau jour de la fin de mai, en plein midi. Le ciel sans nuages resplendissait de lumière.

— Ici ! se récria Marcel, à la ville ! dans une chambre ! Ne te souvient-il pas de notre séjour à la ferme que possède mon père au delà de Varangeville, et quel bien cela te fit, à toi, mère, qui étais alors désolée, la malade... Il y a tout près de grands bois... Ce qu'il faut à cette petite sauvage, c'est le grand air, la liberté, sa forêt !

— Il a peut-être raison, dit Thérèse.

Le mire, consulté dès le soir même, fut de cet avis.

On partit le lendemain pour la ferme.

C'était au milieu d'une de ces vertes cours, à l'herbe

épaisse, aux grandes haies touffues, aux verdoyants pommiers tout en fleurs.

De cette riche nature printanière, un salubre parfum de jeunesse et de vie s'exhalait.

Brésilia parut l'aspirer avec ravissement. L'aspect des campagnes la charmait. Le voyage l'avait un peu fatiguée. Elle dormit cette nuit-là de ce bon sommeil de l'enfance que, depuis deux mois, elle ne connaissait plus.

Au matin, le docteur Marcel amena devant la porte un baudet. Sur la bâtière, de moelleux coussins. Dans une manne, les provisions de bouche; autre chose encore, mais qu'on ne devait montrer que plus tard, au moment de s'en servir.

Le fils Robert était d'une force au-dessus de son âge. Il venait d'entrer dans le Mesnil; on l'en vit bientôt ressortir portant lui-même sa petite amie, qu'il installa sur les oreillers. Thérèse l'aidait maintenant. Elle allait être de la promenade.

Nous l'avons dit, les bois n'étaient pas loin. De grands bois, aujourd'hui disparus, mais où se développait alors librement la plantureuse végétation normande. On ne voit plus d'aussi belles futaies. Des lierres, des chèvrefeuilles et des clématites sauvages, toutes sortes de plantes grimpantes s'enroulaient, se balançaient jusqu'aux plus hautes branches des hêtres et des chênes séculaires. Inextricables étaient les fourrés, grandioses les perspectives et les ombrages. C'était presque la forêt natale de Brésilia.

Quelle surprise! quelle joie pour elle! n'était-ce pas son paradis perdu qu'elle avait retrouvé? Tout concourait à l'illusion, même le ciel bleu, même le resplendissant soleil!

Ah ! si elle eût été libre d'agir à sa guise ! Mais il y avait là Thérèse et surtout Marcel. Impitoyable, ce Marcel ! « Non ! non ! pas encore ! quand la force vous sera revenue, mademoiselle ! quand vous aurez mérité de reprendre vos ébats ! » Il venait de choisir une place dans la clairière. Avec des couvertures, il fit un nid pour la jeune malade, et dès qu'elle y fut nichée : « Là ! dit-il, occupons-nous à présent du repas ! »

Il avait apporté du laitage et des œufs frais. Un feu de broussailles s'alluma promptement. « Demain nous ferons des grillades ! dit-il allègrement, la cuisine et la vie des bois ! Ah ! ah ! vous n'aviez plus d'appétit, mauvaise petite sauvage ! nous allons voir si vous ne mangerez pas de bon cœur quand ce sera l'ami Marcel qui vous donnera la becquée ! »

C'était pour lui comme un jeu. Pour elle aussi. Elle s'y prêtait de la meilleure grâce du monde, elle était ravie. Au dessert, la surprise. Ce mystérieux objet, jusqu'alors dissimulé par le pilotin, c'était son hamac de bord. Il le suspendit entre deux arbrisseaux. « Ce sera comme là-bas ! comme chez vous, ma chère petite reine des Amazones ! » Et bientôt elle y fut couchée, bercée par ce grand frère, qui l'amusait de ses gamineries, qui lui chantait toutes les chansons cauchoises.

Maman Thérèse était là, sur un tertre, assise et travaillant à quelque tricot ; elle tempérait, par sa douce autorité, ces juvéniles expansions qui la gagnaient, qui la réjouissaient elle-même. Elle se montrait heureuse du bonheur de ses deux enfants. Ce fut une délicieuse journée.

Le lendemain, au bras de Marcel, Brésilia fit le tour de la clairière ensoleillée. Elle marchait. Elle courait

7

toute seule au bout de quelque jours. La santé, l'agilité
lui revinrent comme par enchantement. Ce fut plaisir
de la voir bondir sur la mousse, disparaître et reparaître à travers les arbres. Elle respirait avec délices
cet air imprégné de sauvages aromes ; elle se replon-
geait avec ivresse dans les vagues frémissantes de cet
océan de verdure. Un cerf, un chevreuil se laissait-il
entrevoir parmi les halliers elle le saluait comme un
souvenir. Elle babillait avec les oiseaux, elle souriait
aux ruisseaux réflétant son image. Elle était chez elle
enfin, dans le royaume de ses regrets et de ses rêves.
« Mais calme-toi ! repose-toi ! » lui disait sa mère adoptive. Ah bien, oui ! A peine assise, elle se roulait dans
la fougère ou repartait à l'aventure. Et c'était ainsi
jusqu'à l'heure du retour, où Marcel la remettait sur
l'âne, au milieu d'une sorte de palanquin qu'il venait
d'édifier pour elle avec du feuillage et des fleurs.

Un mois plus tard, elle avait recouvré toutes ses
forces, toute sa gaieté. « Qui t'a guérie ? disait-il, c'est
la forêt !... — Eh ! non, c'est toi ! » répondait-elle.

Hélas ! elle allait avoir un nouveau chagrin. Mais,
pour l'expliquer, il nous faut retourner en arrière.

IX

EN ATTENDANT.

Mathias, depuis le retour de son frère, évitait tout
entretien relatif au pays des Amazones. Il avait vendu
les pépites et les pierreries, calculé les frais de la pre-

mière expédition, les chances d'une seconde, et se
montrait singulièrement refroidi quant aux voyages de
découvertes.

Vers le commencement de juillet, il dit à Robert :

— Je t'ai laissé prendre du repos ; il serait temps de
partir pour la côte d'Afrique. Voilà dix-huit mois que
nos comptoirs n'ont été visités. Si l'Espagne prenait
parti contre nous, et c'est à craindre, on ne passerait
plus qu'avec peine.

— Mais, voulut observer le capitaine, mais si, pendant mon absence, les promesses qui nous ont été faites
se réalisaient.

— Je serai là, dit l'armateur, et tu dois avoir confiance
en moi. Je suis un homme positif, mais de ceux-là qui
ne laissent pas s'échapper l'occasion. Nos intérêts sont
les mêmes.... Va là-bas !... Tu seras revenu, crois-en
mon expérience, avant que le roi t'appelle. J'irais,
d'ailleurs, et traiterais en ton nom. Tout sera prêt.
N'appréhende aucun retard...

Et, comme son frère hésitait :

— Faut-il que je parle plus franchement encore ?
poursuivit-il. Eh bien ! je me sens affaibli par l'âge...
Ma santé s'altère... j'ai comme un pressentiment de
mort... et voudrais laisser à mon fils, dont tu seras le
tuteur, une situation nette et des affaires en bon ordre...
Il t'accompagnera, car un armateur doit connaître la
navigation... Mais ce sera son dernier voyage... Au retour, si Dieu me prête vie, je me charge d'en faire un
vrai commerçant. A propos ! tu relâcheras à Palos...
Notre compatriote Hugonin, qui s'est rétabli dans ce
port espagnol, nous doit de l'argent. S'il n'en avait pas,
fais-toi payer en vins de Xérès et d'Alicante...

— Palos! avait murmuré le capitaine avec une certaine émotion.

— Cette escale te déplairait-elle? questionna Mathias.

— Au contraire! s'expliqua Robert, car c'est la patrie
de Vincent Yanèz Pinzon... Je suis curieux de savoir ce
qu'il a pu devenir, et s'il n'a pas abusé de notre indulgence envers lui.

— Excellente idée!... C'est donc chose convenue.
Tu partiras, frère?

— Demain, s'il le faut...

— Non! dans une quinzaine, quand le *Saint-Pierre*
aura reçu son chargement... Merci! Je n'attendais pas
moins de ton amitié...

Tel était le chagrin qui menaçait Brésilia. Marcel sut
la consoler en lui disant :

— Ce n'est qu'une séparation de quelques mois, et si
tu ne retombes pas malade, petite sœur... si tu te montres
docile envers notre mère... je ne repartirai plus!

Elle se résigna. On resterait, d'ailleurs, au Mesnil.

La traversée fut des plus heureuses. Nos voyageurs
arrivèrent à Palos le 3 août 1492.

Date à jamais mémorable! Deux caravelles, amarinées
pour un long voyage, venaient de sortir du port. Une
troisième, encore mouillée dans la passe, attendait son
capitaine. On le vit descendre par l'échelle du môle, et
s'embarquer dans le canot. Il se décoiffa pour un dernier
adieu. Le *Saint-Pierre* entrait. Robert eut une exclamation de surprise. C'était Yanèz Pinzon.

L'Espagnol, tournant la tête à ce cri, reconnut à son
tour le Normand. Il le salua. Puis, avec un rire sardo-
nique, il gagna son bord. La troisième caravelle rejoignait
les deux autres.

— Où vont-elles? s'était demandé Cousin, vaguement inquiet. Un pressentiment !

A peine la hourque fut-elle amarrée dans le port que, la laissant sous la garde de Jean-Louis, il se dirigea, suivi de son neveu, vers la demeure de maître Hugonin.

Ce Dieppois, devenu presque Espagnol, habitait depuis trente ans Palos; il y représentait en quelque sorte sa ville natale et lui expédiait, entre autres productions méridionales, ces fameux vins d'Estramadure et d'Andalousie, dont le nord-ouest de la France faisait alors une consommation beaucoup plus importante que de nos jours.

Interrogé par Robert, il lui répondit :

— C'est une escadrille envoyée à la recherche de nouvelles terres...

— Qui la commande?

— Un Génois nommé Christophe Colomb. Voilà des années qu'il nourrissait un projet, mais sans avoir trouvé les moyens de le mettre à exécution. Il s'adressa vainement à sa patrie, à la république de Venise, aux rois de Portugal et d'Angleterre. Notre reine, Isabelle de Castille, l'avait ajourné jusqu'après la prise de Grenade. Ce dernier rempart des Mores étant enfin tombé, elle vient de tenir sa promesse en lui donnant trois vaisseaux : la *Santa-Maria*, qui porte son pavillon d'amiral ; la *Pinta* et la *Nina*, que dirigent ses deux lieutenants, deux capitaines de notre port, les frères Alonzo et Yanèz Pinzon. Leur chef sera vice-roi de toutes les mers, îles et terres qu'il découvrira.

Robert se taisait, mais il avait pâli. Il souffrait cruellement. Un autre allait lui ravir sa gloire, et pour être guidé, secondé par le traitre auquel il avait lui-même montré le chemin.

— On le renomme, poursuivit maître Hugonin, comme habile navigateur. Un savant! un inspiré! disent les uns. Mais les autres, estimant qu'on ne doit pas s'aventurer ainsi sur des conjectures, le traitent de visionnaire et de fou. C'est un peu mon avis. Jamais peut-être on ne reverra les cent vingt matelots qui montent les trois caravelles, ni leur amiral... Croyez-en notre vieille sagesse normande, capitaine Cousin! vaut mieux caboter avec du Xérès et du Malaga, c'est plus sûr!

Robert s'abstint de toute discussion, de toute confidence. Mais, profitant de ce qu'on paraissait vouloir remettre à son retour d'Afrique le règlement de comptes, il se dit :

— Je reviendrai !

Marcel, en souriant, s'était permis tout bas cette observation :

Pourvu qu'ils n'aillent pas s'emparer du royaume de ma mie Brésilia !

Le *Saint-Pierre* remit donc à la voile vers la côte de Guinée, où les Dieppois possédaient alors des établissements considérables. On voit encore, à l'embouchure de la grande rivière de Gambie, les ruines d'un ancien comptoir auquel, en souvenir de la patrie, ils avaient donné le nom de Petit-Dieppe. Ils en tiraient l'ivoire si finement travaillé par leurs artisans, des épices et de la poudre d'or. La *Côte-d'Or*, tel était alors son nom.

La tâche imposée par Mathias, en prévision d'un état de guerre qui suspendrait tout négoce, exigea plus de quatre mois. Robert d'ailleurs ne se pressait pas. Chaque jour écoulé n'augmentait-il pas ses chances d'apprendre, en repassant à Palos, quel avait été le résultat de l'expédition de son heureux rival?

Quand il y arriva, pas de nouvelles encore! « Ils auront tous péri! » disait maître Hugonin. Cousin dissimulait son angoisse. Jean-Louis la devina :

— Capitaine, dit-il, rappelez-vous que j'ai passé ici deux ans, pour apprendre le commerce, et que je parle un peu la langue du pays.

— En effet, je me souviens... Quelle est ton idée?

— Celle-ci, que, sous un prétexte, vous pourriez m'y laisser... J'attendrai... S'ils reviennent, je me renseignerai... Vous ne me verrez revenir que bien informé.

— Mais comment reviendrais-tu?

— Par mer ou par terre !... Ne vous en inquiétez pas... Je suis comme un de ces chiens fidèles qui savent toujours rallier leur maître..

Robert accepta. Il repartit plus tranquille,

De grands événements s'étaient accomplis pendant son absence. L'armée anglaise, forte de seize cents lances et de vingt-cinq mille fantassins, avait opéré sa descente à Calais. Henri VII assiégeait Boulogne. Arras et Bapaume venaient d'être pris par les lieutenants de Maximilien. La Franche-Comté se soulevait en sa faveur. Ferdinand et Isabelle, « les rois Catholiques, » menaçaient les Pyrénées. Le moment eût été des plus mal choisis pour exciter Charles VIII à de lointaines découvertes.

— Attendons! dit Robert à Mathias.

Quant à Marcel, il avait retrouvé Brésilia dans le logis du quai, mais tout à fait bien portante, l'œil brillant, le teint frais, la mine enjouée. « Tu vois que je t'ai

obéi ! » sembla-t-elle dire à son frère. D'autre part, sa
mère adoptive se déclarait satisfaite.

— Je l'ai conquise ! dit-elle. Voyez plutôt ? elle s'ap-
privoise, elle s'habitue... et ses amazones, ses anciens
sujets ne reconnaîtraient plus leur reine !

En effet, l'acclimatation, l'éducation de cette enfant
des bois tenaient du miracle. Thérèse, durant ce second
hiver, avait su créer autour de sa chère petite plante
des tropiques comme une serre chaude où ne pénétraient ni le froid ni l'ennui. Elle se rajeunissait elle-
même pour la distraire, pour l'instruire, et surtout pour
être aimée d'elle. L'intéresser, l'initier à toutes choses
devint sa tâche assidue. Il y avait dans ce cœur en deuil
un trésor de tendresse maternelle qui se rouvrait comme
par enchantement. « Je ne veux plus être triste ! »
s'était-elle dit ; et, par un touchant effort, sa physionomie d'autrefois reparut, sa gaieté de jeune femme
heureuse. Rien n'égalait la douceur, la patience et
l'ingéniosité de ses enseignements. Le nom de chaque
objet, les phrases courantes de politesse et de sentiment, cent fois par jour elle les répétait à sa docile
élève. « Allons ! Zilia, du courage ! quand tu sauras
parler comme moi, nous causerons ! » Elle lui apprit à
lire dans l'Évangile, et, bercée par un secret espoir,
elle eut cette pensée : « C'est le livre qui mène à Dieu ! »

Par intervalles, cependant, l'élève avait des retours de
fougue et de vagabondage à travers la maison. Il fallait
qu'elle courût, qu'elle se démenât en jetant des cris. On
l'eût crue folle. Mais son intelligente maîtresse ne s'en
effrayait pas. Elle laissait même l'accès avoir son cours.
Puis, avec une caresse, avec quelques mots affectueux,
elle calmait la fillette échappée. Elle en obtenait tout en

s'adressant à son cœur. Une vive sensibilité, la nature prime-sautière, du tact, de l'esprit, telles étaient les qualités de Brésilia. Ses reparties le prouvaient de reste. Au carnaval, comme elle regardait avec un curieux étonnement la grotesque bacchanale du mardi gras s'ébattre sous la fenêtre, et que Mathias s'était avisé de lui dire : « Ah !... ah !... petite sauvage, ça t'amuse !... » elle lui répondit, en désignant les masques, ivres pour la plupart, et qui se bousculaient, gesticulaient, vociféraient : « Moi !... ah ! mais non !... Les voici, les sauvages !... »

Dès le printemps, sitôt qu'il y eut des feuilles vertes, on retourna à la ferme, augmentée d'une aile tout à fait bourgeoise. Le Mesnil allait devenir manoir.

Que faisait Robert ? Il attendait. Fiévreuse attente ! Ce ne fut que vers la fin du mois de mai que reparut Jean-Louis.

X

CHRISTOPHE COLOMB.

La scène se passe dans le *retrait* aux graves affaires.

Jean-Louis vient de prendre place entre les deux frères Cousin. Son capitaine l'interroge :

— Eh bien !... sont-ils revenus ?...

— Le 15 mars dernier, au même port d'où nous les avions vus partir...

7.

— Avaient-ils trouvé ?

— Oui !... Je me suis bien renseigné, je sais **tout...**

— Parle !

Après s'être un instant recueilli, le digne marin commença en ces termes :

— On connaissait déjà les succès de Christophe Colomb, car il avait dû relâcher à Lisbonne, et le roi de Portugal, bien que regrettant d'avoir refusé ses services, ne lui fit pas moins grand accueil. A Palos, ce fut encore mieux. La mer était couverte des barques allant à sa rencontre et lui faisant cortége. Toutes les cloches de la ville sonnaient en son honneur. Les habitants, les magistrats l'attendaient sur le rivage. C'était à qui l'admirerait, l'applaudirait. Ils étaient tous joyeux. Seul, j'étais navré, car je songeais à vous, capitaine, qui mériticz toute cette gloire !

— Après ? après ? demanda Robert, qui venait de serrer la main de Jean-Louis.

— Quelques heures après le débarquement, poursuivit-il, l'amiral vice-roi, car c'est ainsi qu'on l'appelle, prit la route de terre pour se rendre à Séville et, de là, jusqu'à Barcelone, où se trouvait la cour. Toutes les populations accouraient lui rendre hommage. J'avais trouvé moyen de me joindre à l'escorte, afin de causer avec les matelots. En les écoutant, j'ai cru refaire notre voyage d'il y a deux ans. Même traversée! mêmes épreuves!... mais quelle différence quant au résultat! J'ai voulu tout voir, j'ai tout vu... Son arrivée fut un triomphe. La ville tout entière était venue au-devant de lui, l'acclamait avec enthousiasme. Il marchait au milieu des Indiens qu'il amenait, revêtus du costume de leur pays. Dans des corbeilles et des bassins décou-

verts, ses compagnons portaient toutes sortes de rare-
tés, des pierreries, beaucoup d'or...

— Ah ! murmura l'armateur, beaucoup d'or !

— Au milieu d'une foule immense, continuait Jean-
Louis, il s'avança vers le palais. La reine Isabelle et le
roi Ferdinand l'attendaient, assis sur le trône. Ils se le-
vèrent à son approche, ils le firent asseoir devant eux
pour entendre le récit de ses découvertes et recevoir ses
offrandes. Ensuite, tout le monde s'agenouillant, on
chanta le cantique d'action de grâces. J'appris le soir
même, pendant la fête, que tous les priviléges de Christophe Colomb sont confirmés, qu'il va bientôt remettre
à la voile avec une flotte, avec une armée qui prendra
possession de la conquête de l'Espagne.

— Et la France ?... se récria douloureusement Robert
Cousin, n'aura-t-elle donc pas aussi sa part?

— Attendez, fit Jean-Louis, il me reste à parler de
Vincent Yanèz...

— Qu'est-il devenu? questionnèrent en même temps
les deux frères.

— Je ne crois pas, reprit Jean-Louis, qu'il ait parlé
de notre voyage à son nouveau maître, car il avait voulu
le trahir en se séparant de lui pour agir seul et pour arriver le premier. Au retour, même manœuvre, et qui,
cette fois, paraissait devoir lui réussir. Devançant à Barcelone le triomphateur, il s'était efforcé de le perdre en
s'attribuant l'honneur de la découverte. Mais cette nouvelle trahison venait de tourner à sa honte ; on l'avait
mis en prison. J'obtins de l'y visiter. Il me reconnut.
« Ah! me dit-il avec son mauvais sourire espagnol, tu
viens de la part du Dieppois... Christophe Colomb n'a
rencontré que des îles... Le *Saint-Pierre* est le seul

vaisseau qui soit parvenu jusqu'au fleuve des Amazones,
et je ne désespère pas d'y retourner avant tous les autres. » Telles furent les propres paroles de Yanèz Pinzon, capitaine... et m'est avis que, pour le démentir, il
faudrait se hâter ! le temps presse.

C'était bien le sentiment de Robert. Il s'était levé.
Impatient, résolu, il dit à Mathias :

— Allons trouver le roi ! Je veux qu'il apprenne, et
sans retard, la vérité !...

— Ce nous sera d'autant plus facile, lui répondit
son frère, que monseigneur Georges d'Amboise, notre nouvel archevêque, vient d'arriver à Rouen. Je t'en
apportais la nouvelle.

Evidemment, le rapport de Jean-Louis avait remonté
l'armateur.

Tandis qu'il s'employait aux préparatifs du départ,
Robert courut au Mesnil afin de prendre congé de Thérèse.

Jean-Louis l'avait accompagné, lui donnant en chemin des détails pour rédiger le mémoire qui serait sou-
mis à l'archevêque.

En apprenant la visite que son mari se proposait de
faire à Georges d'Amboise, Thérèse eut une inspiration.

— J'aurais aussi, dit-elle, une supplique à lui adresser. Tu voudras bien, n'est-ce pas, la lui transmettre.

— Explique-toi ?... demanda-t-il.

— Attends ! fit-elle, il faut d'abord que je parle à
Brésilia.

Elle appela sa fille adoptive, et Robert, avant de se
mettre au travail, entendit la mère qui, d'une voix
émue, disait à l'enfant :

— Souviens-toi de l'espoir que tu m'as permis... Le moment est venu de me donner une grande joie...

Quand elles reparurent ensemble, l'émotion de l'une avait gagné l'autre ; elles semblaient également heureuses.

Thérèse entretint confidentiellement Robert ; et, plus tard, en s'éloignant, lui dit-il :

— Tu peux y compter, femme !... quel que soit le **sort** de mon espérance, je n'oublierai pas la tienne.

XI

GEORGES D'AMBOISE.

Devant certains noms, le roman s'incline et cède le pas à l'histoire.

Esquissons le portrait de ce Georges d'Amboise, qui fut, après Suger, avant Sully et Richelieu, l'un des plus grands ministres de notre France.

D'abord aumônier de Louis XI, il apprit à cette rude école la politique : mais sa bienveillance et sa droiture le reléguèrent dans l'ombre. Il s'attache, il se dévoue, par une amitié sincère, à la fortune du duc d'Orléans, qui devait être un jour le roi Louis XII. Sous la régence de la Dame de Beaujeu, ce prince se révolte ; il est vaincu. Georges d'Amboise partage sa disgrâce et parfois sa captivité. Il rentre en faveur avec lui dès la majorité de Charles VIII ; et, très-influent déjà, bien que sa situation ne fût encore qu'au second plan, il mérite par

de sages réformes l'avenir que le sort lui réserve. Désin-
téressement personnel, aversion de l'intrigue, économie
dans les finances, ordre et justice dans l'administration,
une loyauté généreuse, tels sont les traits marquants de
ce noble caractère. Ses revenus appartenaient aux pauvres, aux artistes. Quand il devint ministre, les impôts,
malgré des guerres brillantes au début, mais au demeu-
rant désastreuses, ne furent pas augmentés. Il aimait
son pays, il aimait le peuple. Par malheur, le courant
fatal, qui nous portait alors vers les conquêtes ultra-
montaines, l'entraîna comme les autres, et l'ambition de
la thiare l'éblouit un instant.

Charles VIII venait de s'assurer l'alliance des *rois
catholiques*, en leur restituant le Cerdagne et le Rous-
sillon. Par le traité d'Étaples, il avait acheté la retraite
et la neutralité des Anglais, moyennant un tribut de
huit cent mille écus d'or, payables *en dedans* de quinze
années. Il s'était enfin résigné, par la convention de
Senlis, à rendre à Maximilien d'Autriche sa fille Mar-
guerite, une enfant de onze ans, fiancée par Louis XI
au futur roi de France, et qui remportait avec elle sa
dot : l'Artois et la Franche-Comté, deux provinces.

Tous ces sacrifices, n'était-ce pas la paix ?... Nos deux
voyageurs, du moins, raisonnaient ainsi !...

Ils parvinrent sans peine jusqu'à l'archevêque. C'était
un prélat d'abord facile, très-simple, ayant beaucoup
de bonhomie et de cordialité.

— Je n'ai pas oublié, leur dit-il, la recommandation
de Dom Pierre, mon bien-aimé précepteur ; et, si vous
n'en avez pas encore reçu témoignage, c'est que j'attendais toujours le moment d'agir avec chance de succès...

— Il me semble, observa respectueusement le capitaine, que présentement rien ne menace ni n'entrave plus la France...

— Grâce à Dieu! lui fut-il répondu; mais notre roi Charles VIII, en vertu des droits de la maison d'Anjou dont il est l'héritier, revendique à cette heure son royaume de Naples. Une grande expédition se prépare, pour laquelle il a besoin de tous ses soldats, de tous ses vaisseaux...

Robert insista. Il lut son mémoire, il voulait aller plaider sa cause devant le souverain lui-même.

— Il ne sera pas dit, termina-t-il, que celui qui vient offrir une pareille fortune à son pays, n'aura pas tout osé, tout tenté, même l'impossible, pour qu'on l'accepte!

— Soit! répliqua Georges d'Amboise, il ne sera pas dit non plus que ma protection, si chaleureusement invoquée, vous aura fait défaut. Je vais vous donner des lettres de créance pour le duc d'Orléans, pour les conseillers du roi, pour le roi lui-même... et je prierai Dieu qu'il vous assiste!

Charles VIII résidait alors à Plessis-lez-Tours. Il était resté *petit de taille, mais grand de cœur*, a dit Brantôme. Le judicieux Commines, tout en louant son courage, le représente comme un *jeune homme de peu de sens, plein de son vouloir et pas accompagné de sages gens.* La dame de Beaujeu n'était plus là. Vainement elle reparut; vainement, secondée par les politiques formés à l'école de leur père et par les représentations de quelques villes, elle s'efforça de le retenir sur la pente fatale où son destin l'engageait. Charles était à présent le maître, il ne voulut rien entendre. La tête pleine de romans et d'idées chevaleresques, il ne rêvait que *voir choses nouvelles et faire qu'il fût parlé de lui.* Des Italiens l'excitaient, l'appelaient. Dans son entourage, toute une folle jeunesse était possédée de sa fougue héroïque. Le duc d'Orléans lui-même, qui aimait la guerre, et qui nourrissait, en vertu des droits de Valentine Visconti, son aïeule, l'ambition de s'attribuer le Milanais pour son propre compte, agissait et parlait de même. On allait se rendre à Lyon pour hâter les préparatifs de l'entrée en campagne. Il ne s'agissait plus seulement du royaume de Naples, mais aussi de reconquérir Constantinople et la Terre Sainte. Une croisade !

Robert et surtout Mathias, dès leur arrivée, comprirent le peu de chances qu'ils avaient de réussir. On les accueillit, on les écouta. Les belles promesses ne manquèrent pas, mais réalisables seulement au retour du voyage d'Italie. C'était là le grand voyage !... L'Italie avant tout !

Nos deux Dieppois, l'un très-refroidi, l'autre navré, s'en revinrent à Rouen, chez Georges d'Amboise.

— Je l'avais prévu, leur dit-il. Patientez encore !...

— Au moins, demanda Robert, exaucez le vœu que je vous ai transmis relativement à la jeune Indienne que j'ai ramenée de là-bas... Elle est prête à recevoir le baptême... et si c'était de vos mains, monseigneur, vous vous intéresseriez davantage, par la suite, au pays encore ignoré qui l'a vue naître.

— Prochainement, répondit l'archevêque, je dois rendre une première visite à ma bonne ville de Dieppe... Comptez sur moi !...

Tel était, on l'a compris, le secret espoir de Thérèse. Quinze jours plus tard, et ce fut pour la cité tout entière une fête, la touchante cérémonie avait lieu. On devinera la marraine. Marcel était le parrain. Rien de charmant comme Brésilia sous sa blanche toilette de catéchumène. On eût dit une petite sainte aspirant au ciel.

— Ah!... murmura Thérèse en l'étreignant contre son cœur, ah!... c'est d'aujourd'hui que je suis vraiment ta mère!...

Robert avait, pour un instant, oublié son chagrin, ses angoisses. Elles le reprirent dès le lendemain. Il eût engagé, dans une expédition personnelle, son avoir et celui de son frère. Heureusement, le bonhomme Mathias y mit le holà.

— Deviens-tu fou!... lui dit-il. Mais rappelle-toi donc le rapport de Jean-Louis.... Les Espagnols ont maintenant là-bas toute une armée, toute une flotte... et, que diantre!... nous ne pouvons pas, simples bourgeois que nous sommes, déclarer la guerre au roi d'Espagne!

XII

PAR TERRE ET PAR MER

Ce n'était plus vers l'Océan que se tournaient les regards de notre héros, c'était vers les Alpes.

On apprit que l'armée française les avait franchies sans encombre, et s'avançait au delà sans rencontrer d'obstacle. Une sorte de marche triomphale, qui ne fut suspendue que par une maladie du roi. Il se rétablit promptement. Florence lui ouvrit ses portes. Il entra dans Rome avec la couronne en tête et sous une armure dorée, resplendissante de perles et de pierreries. Jamais on n'avait vu soldats si formidablement équipés ni pareil luxe de gentilhommes. « Les Français, disait le pape Alexandre VI, n'ont eu d'autre peine que d'envoyer leurs fourriers, la craie en main, pour marquer les logis. » Quatre mois suffirent à la conquête du royaume de Naples. Dans cette capitale, que le nouveau souverain venait d'éblouir par un faste sans pareil, il prit en outre le titre de roi de Sicile et de Jérusalem, le costume pompeux des empereurs d'Orient. Les Grecs l'attendaient, les Turcs le voyaient déjà s'emparant de Constantinople.

Comment espérer maintenant qu'il se rappelât le pauvre capitaine dieppois ! Robert Cousin, pour tromper son impatience, fit encore un voyage à la côte d'Afrique ; et, par une de ces coïncidences auxquelles se complaît le hasard, il assista, relâchant à Cadix, au second retour de Christophe Colomb. L'aspect de ce grand navigateur, au noble maintien, à la physionomie loyale, au regard inspiré, suffit pour éteindre dans son cœur tout soupçon, tout sentiment jaloux. Le véritable génie a ce privilége, de commander le respect et l'estime à ceux-là mêmes qui seraient en droit de se croire des rivaux frustrés ou malheureux. Mais les Espagnols, qui composaient *le conseil des Indes*, ne raisonnaient pas aussi généreusement. Déjà l'envie et la haine s'attaquaient au *découvreur*. Le roi Ferdinand l'avait mandé à Séville pour qu'il se justifiât. Sans la reine Isabelle, sa protectrice, il ne fût peut-être pas rentré en faveur, il n'eût pas entrepris son troisième voyage.

Charles VIII revenait du sien, mais plus difficilement

qu'à l'allée. Une ligue s'était formée contre lui. Milan, Venise, l'Autriche, les rois de Castille et d'Aragon avaient réuni trente mille soldats, qui prétendirent nous barrer le chemin. Notre armée, diminuée de toutes les garnisons laissées dans les villes conquises, et qui devaient plus tard être prisonnières, ne comptait plus que huit mille combattants. Il fallut la furie française pour accomplir la victorieuse trouée de Fornoue. Le roi, assailli de toutes parts, n'avait échappé au péril que grâce à la vigueur de son *bon cheval noir, appelé Savoie*.

Il finit par rentrer en France; il ne devait plus revoir cette Italie, où déjà Gonzague de Cordoue lui reprenait son royaume de Naples. La maladie dont il allait bientôt mourir le tenait déjà. Jamais la situation n'avait été plus contraire au projet de nos Dieppois. Ils tentèrent vainement un nouvel effort. Robert lui-même commençait à se décourager. Un profond chagrin s'empara de lui.

Sur ces entrefaites, Christophe Colomb parvint au continent. On sait quelle fut sa récompense. Le triomphe de ses ennemis, l'emprisonnement, des chaînes... Il voulut les conserver en souvenir de tant d'ingratitude.

A cette occasion, Thérèse dit à son mari :

— Tu vois ce que c'est que la gloire!

— Il n'aura pas moins enrichi son pays d'adoption, répliqua Cousin. La postérité lui rendra justice !

Cependant les découvertes se multipliaient, toujours en dehors de la France. Le Portugal se montrait plus entreprenant. Il avait aussi ses *découvreurs* : Americ Vespuce, Cabral, Vincent Yanès Pinzon.

Le jour où ce dernier nom frappa l'oreille de Robert, on proclamait l'avénement du nouveau souverain.

Louis XII roi, c'était Georges d'Amboise premier ministre. Notre héros crut toucher au terme de ses
épreuves, il accourut... mais bientôt son instinct, son
bon sens lui fit comprendre que cette fois tout était fini,
bien fini.

Une autre douleur allait momentanément effacer celle-
là. On se rappelle le pressentiment de Mathias. Il mourut,
en laissant à son frère ce dernier adieu :

— Je te lègue mon fils... Remplace-moi... Deviens
son associé... sois son père !...

Marcel entrait dans sa vingt-deuxième année. C'était
un fier et beau jeune homme, intelligent, généreux,
alerte et fort, mais timide à présent et doux. La bonté
même.

Parents, amis, serviteurs, tout le monde l'adorait, et
sa sœur adoptive plus encore que tous les autres.

Le temps avait aussi marché pour Brésilia, ou plutôt
pour Rose-Marie. Ce nom, qu'avait porté la fille de
Thérèse, il était, au baptême, devenu le sien, et tout le
monde s'accordait à reconnaître qu'elle lui faisait vraiment honneur. On reconnaissait à peine la sauvage enfant d'autrefois. C'était une demoiselle accomplie. Elle
avait la candeur d'une vierge chrétienne. Quant à son
âge, dix-neuf à vingt ans peut-être. Et si la teinte légèrement bronzée de son gracieux visage, si sa magnifique chevelure aux reflets bleuâtres, ses grands yeux
noirs, ses lèvres épanouies et vermeilles rappelaient
vaguement une race inconnue, dont le type original
s'accusait davantage au bras du jeune Normand, qui la
nommait sa sœur, ce contraste la rendait encore plus
charmante.

Toute cette famille, n'eût été l'incurable souci de son

chef, vivait dans une intimité cordiale et prospère...
A Dieppe, bien que ne recherchant pas l'éclat, on jouis-
sait de la considération, de la popularité... On passait
les étés au Mesnil, plus verdoyant que jamais, et qui,
grâce à de nouveaux embellissements, tenait tout à la
fois de la ferme et du château. C'était Jean-Louis qui
commandait à présent le *Saint-Pierre*. Cousin ne navi-
guait plus. « Je ne reprendrai la mer, avait-il dit, que
pour retourner au royaume de Brésilia!... »

Un autre jour, en l'embrassant :

— Ah!... si tu n'étais pas là, je croirais avoir rêvé!...

Il ne parlait plus de sa découverte; il semblait en
avoir perdu jusqu'au souvenir.

De la part de Rose-Marie, même silence.

Cet oubli trompeur, cette apparente quiétude, une
visite inattendue la troubla tout à coup.

XIII

SIC VOS, NON VOBIS.

Ce visiteur... on l'a deviné peut-être... c'était Vincent
Yanèz Pinzon.

Sa morgue d'autrefois tournait à l'arrogance. Il était
vêtu comme un grand d'Espagne, il s'annonça sous le
titre de capitaine général du Maragnan.

— Tel est le nom, dit-il, que porte aujourd'hui le pays
des Amazones... Je l'ai retrouvé... L'humeur farouche

de ses habitants nous empêche d'y fonder un empire...
On y parviendrait, j'en ai l'assurance, en leur ramenant
leur reine...

Yanèz, désignant Brésilia, poursuivit :

— Ils ne l'ont pas oubliée... Oh !... je la reconnais
bien... Donne-la-moi, Robert... viens avec elle... et de
cette magnifique contrée, nous deviendrons les seuls
maîtres après Dieu.

Cousin se tourna vers Rose-Marie :

— Tu l'as entendu, mon enfant... Veux-tu retourner
là-bas ?...

Elle garda le silence. Mais une flamme venait de
passer dans son regard.

Marcel, qui se tenait à l'écart, avait pâli.

— J'y mets une condition qui peut-être la décidera,
reprit l'Espagnol. Pour ma garantie future, je l'épouserai
préalablement. Elle ne partira qu'étant ma femme...
Elle ne sera la reine que si je suis le roi...

Ce fut Thérèse, tout anxieuse, qui cette fois interrogea sa fille :

— Veux-tu ?

Déjà Brésilia, jetant à Yanèz un regard encore plus
fier que le sien, lui répondait :

— Non !

Un cri de joie retentit dans l'ombre, où Marcel restait
invisible; mais où l'on voyait briller ses yeux.

L'ambitieux Castillan insista, supplia. Rose-Marie
persistait dans son refus. Il dut, non moins courroucé
que stupéfait, s'en aller chercher fortune ailleurs.

. . . .

Néanmoins, cette scène parut avoir réveillé, dans le
cœur de la jeune Indienne, le souvenir et le regret du

pays natal. On la revit plus souvent regarder vers l'ouest.
Elle s'attrista, rêveuse et languissante comme aux jours
de son enfance. Thérèse et même Robert s'inquiétèrent,
parlant de recourir au médecin. Le fils de Mathias, qui
semblait avoir aussi perdu sa gaieté, leur dit un jour :

— Rappelez-vous qu'autrefois je l'ai guérie... Permettez-moi de redevenir le docteur Marcel...

Robert demandait une explication. Mais lui, s'adressant à Thérèse :

— Oh !... fit-il avec une étrange émotion, oh !... ma
mère, à toi seule !...

Elle l'avait déjà deviné, car elle éloigna son mari par
ces mots :

— Va chercher Rose-Marie !

Lorsqu'il reparut avec elle, Marcel était pâle et trem-
blant. On eût dit qu'il avait pleuré. Thérèse, au contraire,
était souriante et radieuse.

— Rose-Marie, lui dit-elle, mon enfant, nous avons
peur que tu ne veuilles nous quitter un jour... nous vou-
lons te retenir par un de ces liens que rien ne saurait
plus rompre ici-bas...

— En est-il donc, questionna la jeune fille, de plus
indissoluble que ma reconnaissance et mon amitié pour
vous ?...

— Oui !... le mariage !...

— Encore !

— Oh !... rassure-toi, mignonne, il ne s'agit plus du
sénor Pinzon !...

— Ni de lui ni d'un autre !... Oh !... je t'en prie, ma
mère...

— Attends au moins que j'aie nommé le mari...

— Je ne veux pas le connaître !... je le refuse...

— Quoi!... même si c'était Marcel!...

Il tombait en ce moment à ses pieds.

Tout interdite. toute rougissante, elle alla cacher ses pudiques larmes de joie dans les bras que lui tendait Thérèse.

Un sentiment révélé, un mariage conclu par l'initiative de Yanès, dont cette fois la découverte tournait au profit d'un autre : *Sic vos, non vobis.*

. . . .

Cette devise de Robert Cousin ne tarda pas à s'appliquer également à Christophe Colomb.

En 1506, abreuvé d'injustices, accablé de chagrins, il ne trouva le repos que dans la tombe où, d'après son vœu suprême, les chaines, dont il avait fait des reliques, furent enterrées avec lui sous cette épitaphe :

A Castilla y a Léon
Nuevo mundo dio Colomb.

« Colomb donne aux royaumes de Leon et de Castille un nouveau monde. »

Le Florentin Améric Vespuce, qui n'y avait abordé que le troisième, prétendit avoir eu la priorité. Ses lettres, adressées à d'illustres personnages, obtinrent gain de cause. La dernière, au duc René de Lorraine, fut imprimée à Saint-Dié l'année suivante, et l'éditeur lorrain y proposa de donner le nom d'Amérique à la quatrième partie du monde, qu'il croyait découverte par Vespuce. Cette appellation d'un inconnu, faite dans les Vosges, fut ratifiée par l'univers, afin que rien ne **manquât à la triste destinée de Christophe Colomb.** Il n'avait pas assisté du moins à la fraude insigne qui lui ravissait sa gloire !...

. . . .

Notre héros dieppois vécut assez pour avoir connaissance de la découverte du Mexique par Fernand Cortez, et du Pérou par Pizarre. Il apprit l'horrible dénoûment des ambitieuses visées de Son Excellence don Vincent Yanèz Pinzon, dévoré par les Caraïbes.

De nouvelles années s'étaient écoulées. La France de Louis XII et de François Ier poursuivait le cours de ses folles guerres italiennes, qui devaient aboutir au désastre de Pavie. Tout était perdu, fors l'honneur.

Pendant ce même temps, l'Espagne de Charles-Quint, enrichie par ses galions d'Amérique, devenait cette formidable rivale dont nous affranchirent seulement Henri IV et Richelieu.

En eût-il été de même si l'on eût plus favorablement accueilli Robert Cousin ?

. . . .

Par une belle journée de mai, sous les verts ombrages ensoleillés du Mesnil, Rose-Marie est assise, un baby dans son giron. Devant elle, deux autres chérubins, les aînés, jouent dans l'herbe. Marcel et grand'maman Thérèse sont là, qui complètent ce tableau d'une félicité parfaite.

Et pourtant, un nuage a passé sur le front pensif du grand-père.

— Gageons, dit sa fidèle compagne, gageons qu'il songe encore au pays des Amazones ?

— Toujours !... répond le capitaine Robert, et c'est surtout pour notre chère petite reine que je voudrais être retourné là-bas....

8

Celle qui fut Brésilia désigne d'un regard heureux ses enfants, son mari, ce paradis normand qui les entoure, et, résumant ainsi sa pensée sincère :

— Eh!... conclut-elle avec un sourire exempt de regrets, mais le voici, mon royaume!... **en attendant le beau paradis des chrétiens.**

CE QU'ON DONNE AUX PAUVRES

ON LE PRÊTE A DIEU

i

— Quelle est donc cette lumière qui brille encore
là-haut? demanda tout à coup M. Étienne Desmarais,
en étendant le bras vers une des mansardes de la
maison située en face de la sienne.

En même temps, son visage resplendissait d'une
félicité parfaite.

C'est qu'en effet, Desmarais était un homme heureux.
Tout lui avait réussi: il était né riche, et il avait consi-
dérablement augmenté sa fortune par des spéculations
toujours honorables. Doué d'une santé de paysan, d'une
physionomie des plus sympathiques, d'une grande
sensibilité, d'une extrême bonté, il ne comptait, dans

tout son entourage, que des affections et des dévoue-
ments. Enfin, il n'y avait qu'à jeter les yeux sur la
jeune et charmante femme qui s'appuyait auprès de lui
sur le balcon, pour être convaincu qu'Étienne Desmarais était le plus fortuné des époux.

Trois heures du matin sonnaient à l'église voisine.
Ils arrivaient du bal tous les deux, tous les deux ils s'y
étaient franchement amusés. Durant la fête, monsieur
avait appris l'heureuse arrivée d'un navire qui lui rap-
portait d'énormes bénéfices (il était armateur au
Havre). De son côté, madame venait d'obtenir toutes
sortes de petits triomphes féminins : sa toilette était
ravissante ; elle avait dans ses cheveux blonds des
grappes de pervenche qui lui seyaient à ravir ; elle
avait été la reine du bal.

Puis, fiers l'un de l'autre, heureux de se retrouver
ensemble, les deux époux s'étaient enfuis dans leur
élégante voiture, toute capitonnée en soie bleu de ciel,
un vrai nid.

Aussitôt de retour, on avait bien vite couru vers
une certaine chambre où s'entrevoyait, à la clarté de
la douce veilleuse, un berceau d'enfant. Les rideaux
avaient été écartés sans bruit. Berthe dormait en souriant.

Berthe, c'était leur adorée petite fille.

On l'avait embrassée tour à tour du bout des lèvres ;
puis, sur la pointe des pieds, on avait passé dans la
chambre voisine.

Là, les deux époux s'étaient regardés, et ces mêmes
paroles leur étaient venues à la fois :

— Oh ! mon Dieu ! mon Dieu ! sommes-nous donc
heureux !...

Bien qu'un feu guilleret brûlât dans la cheminée, on touchait aux premiers jours du printemps. L'air était doux et comme parfumé ; à travers la haute vitre, on apercevait un ciel pur et tout parsemé d'étoiles.

Étienne ouvrit la fenêtre. Sa femme, encore enveloppée dans un long burnous blanc, vint s'accouder à son tour sur le balcon ; ce fut alors, au milieu de l'enivrante et joyeuse expansion de leur félicité commune, que les yeux du mari se portèrent par hasard vers les étages supérieurs de la maison d'en face, et qu'il demanda tout à coup :

— Mais quelle est donc là-haut cette lumière qui brille ?

— Je ne sais, mon ami ; mais plusieurs fois déjà je l'ai remarquée ; plusieurs fois je me suis dit : « Dans la persistance de ce travail nocturne, il y a peut-être l'indice d'une grande misère ! »

— Une misère !... Et tu ne m'as pas dit cela déjà !

— Ce n'est qu'une supposition, mon ami.

— N'importe ; en nous faisant la part aussi belle, Dieu nous impose le devoir de regarder sans cesse autour de nous, et sitôt qu'une souffrance forme nuage à notre horizon...

— Je te comprends ; j'irai demain.

— Bravo, Louise !

— Étienne, oh ! comme tu es bon !

8.

II

Le lendemain matin, au moment où Desmarais allait sortir, croyant sa femme encore endormie, il l'aperçut qui descendait l'escalier.

— Comment ! se récria-t-il, déjà levée, le lendemain d'un bal !...

— Pourquoi pas, mon ami ? Tu vas à tes affaires, moi, je vais aux miennes.

Et, comme on arrivait sur le seuil, la jeune femme éleva sa petite main gantée vers la mansarde dont il avait été question la nuit précédente.

Pour toute réponse, Étienne lui serra la main ; puis ils se séparèrent.

Durant toute la matinée, le négociant fut pris par le tourbillon commercial, et ne pensa plus qu'aux cotons, aux indigos, aux sucres, etc., etc.

En rentrant pour le déjeuner, il trouva sa femme toute triste.

— Oh ! mon Dieu, Louise, qu'as-tu donc ?

— J'ai... j'ai qu'il ne suffit pas de vouloir faire le bien, à ce qu'il paraît, il faut encore savoir s'y prendre.

— Comment ?

— J'ai été maladroite.

— Toi ?

— Écoute et juge... Tu m'as vu partir pour la mansarde. Je l'avais bien pressenti, mon ami : quelle

misère ! Une seule pièce, étroite, basse, presque nue...
un grenier ! De ce côté-ci, une pauvre jeune femme,
d'une effrayante pâleur, est étendue sur une sorte de
grabat. De l'autre côté, près de la fenêtre, son mari
travaille, travaille jour et nuit. A peine se dérangea-t-il
au bruit de la porte que venait de m'ouvrir un chétif
enfant, tout au plus couvert de quelques misérables
haillons. Je restai tout d'abord interdite. Pour me
donner une contenance, je me mis à caresser le pauvre
petit. La mère se soulevait sur son coude et me regardait avec étonnement, le père aussi. Tout à coup l'enfant
murmura :

— J'ai faim, Madame... oh ! j'ai bien faim !

Ce mot m'enhardit. Je tirai vivement ma bourse et la
tendis à l'ouvrier, en m'écriant :

— Prenez, Monsieur ! oh ! prenez...

A ces mots, l'artisan rougit de honte, et, se dressant
avec dignité :

— Madame, me répondit-il, je vis du travail, non
point de l'aumône... et si c'est là le seul motif qui vous
amène...

En cet endroit du récit de Mme Desmarais, son
mari ne put retenir un geste d'indignation.

— Il est donc bien fier, ce monsieur ? dit-il.

— Ne l'accuse pas, reprit la jeune femme ; il a été
avec moi d'une politesse parfaite. Toute la faute est à
moi : je l'ai compris en voyant la poignante douleur
qui se peignait sur le visage du pauvre homme, et je
me suis enfuie, sans trouver même une parole d'excuse
à lui répondre. Ce n'est pas de l'argent qu'il fallait
lui apporter, vois-tu bien, mon ami... c'était du travail.

Durant quelques secondes, Étienne resta pensif; puis, relevant la tête :

— As-tu pu voir quelle est la profession de ce malheureux ? demanda-t-il.

— Il y avait sur son établi des rouages et des cadrans : c'est un horloger.

— Un horloger ! Bravo !

Et M. Desmarais, tirant sa montre, y tourna vivement la clef, jusqu'à ce qu'un petit son sec et métallique lui eût indiqué que le grand ressort était brisé.

— Ah ! ah ! souriait-il en même temps, il veut de l'ouvrage, ce monsieur; eh bien, en voilà !

Sans rien dire, Louise sauta au cou d'Étienne et l'embrassa.

Puis, brisant à son tour la sienne, sa jolie petite montre, grande à peine comme un sequin, elle s'écria joyeusement :

— En voici encore de l'ouvrage pour M. Bernard, en voici !

L'horloger se nommait Bernard.

A son tour, Étienne embrassa Louise qui lui disait :

— Et maintenant, comment allons-nous nous y prendre?

— Cela me regarde, fit le mari.

Et il sonna.

La pendule aussi se prit à sonner.

C'était un bon vieux coucou provincial, une gothique horloge qui avait dû marquer l'heure de la naissance du grand-papa Desmarais.

Avec un même empressement juvénil, avec un même et franc éclat de rire, Étienne et Louise se précipitèrent

vers le coucou, ouvrirent la boîte peinte, et démanti-
bulèrent à qui mieux mieux les gros rouages de
cuivre.

Le domestique entra.

— Prends ces deux montres, lui commanda Desmarais, va chercher un de tes camarades pour enlever
d'ici cette horloge, et montez le tout chez un ouvrier
nommé Bernard, qui demeure en face, au cinquième.

— Mais monsieur a son horloger dans la rue de
Paris...

— Fais ce que je dis ; va.

L'ordre fut aussitôt exécuté.

Ce fut avec une impatience presque enfantine que
les deux époux attendirent le retour de leur mes-
sager.

Il reparut enfin ; il dit :

— L'ouvrier de là-haut se charge des deux montres
et du coucou ; tout sera réparé après-demain soir.

Étienne fut enchanté, Louise battait des mains. Ils
se mirent à table, et déjeunèrent avec un merveilleux
appétit.

Il n'est pas d'absinthe, de vermouth, d'apéritif quelconque qui vaille une bonne action.

III

Le soir, il y avait représentation extraordinaire au
théâtre du Havre. Une grande cantatrice parisienne s'y
faisait entendre. La salle était comble ; l'effet fut ma-

gique. M. et Mme Desmarais passèrent une délicieuse
soirée.

A minuit, en rentrant dans leur chambre, une
même pensée leur fit lever les yeux vers la mansarde.

Elle était éclairée.

— Pauvre homme ! soupira Louise ; pendant que
nous nous amusions, il travaillait ; pendant que nous
allons dormir, il va travailler encore... Ah ! j'ai presque
remords de mon plaisir, toutes les fois que mon regard rencontre là-haut cette triste lueur perdue dans la
nuit.

Vainement Étienne lui rappela que l'horloger Bernard
avait de l'ouvrage dont on ne lui marchanderait pas
le prix, et qu'à cette heure sans doute il était
content.

— Content! répétait avec amertune la jeune femme ;
en admettant même qu'il gagne désormais le pain de
chaque jour, compare donc son existence avec la nôtre,
Étienne. La différence est par trop grande, mon ami...
Oh! si tu veux que je redevienne complétement heureuse, il faut trouver un moyen de rendre le pauvre
Bernard un peu moins à plaindre.

— Je chercherai, dit Étienne ; je m'informerai.

— Je t'en prie...

— Bientôt, d'ailleurs... après-demain... demain même,
car il y a déjà longtemps qu'il est minuit... nous aurons à donner de l'argent à ce Bernard, nous tâcherons
de lui en donner beaucoup.

Malgré tous les raisonnements de son mari, la jeune
femme s'obstinait à rester sur le balcon, à contempler
la terrestre étoile qui lui parlait charité.

Le lendemain, sitôt que le négociant fut revenu de la

Bourse, elle s'empressa de lui demander s'il avait tenu la promesse de la veille.

— Je n'ai eu garde d'y manquer, et voici les renseignements que j'ai pu obtenir; ils sont excellents pour ton protégé. M. Bernard était horloger à Rouen : il possédait un superbe magasin sur le quai. Une signature, imprudemment engagée pour un de ses amis, le ruina tout à coup. Il aurait pu cependant conserver une certaine aisance; il préféra tout payer : il l'espérait du moins. Des circonstances fâcheuses se jetèrent à la traverse de ses loyales intentions. Bernard a fait faillite, et s'il travaille avec tant d'ardeur, c'est non-seulement pour nourrir son enfant et sa femme, mais encore pour s'acquitter entièrement d'une dette qui n'est qu'à demi la sienne. Martyr du devoir, il mérite donc l'estime et l'admiration de tous. C'est un honnête homme!

— Et tu n'as rien imaginé?

— Patience, Louise! Voyons d'abord comment se termineront les choses de demain.

La jeune femme attendit ce moment avec une vive impatience.

Avant même l'heure fixée par l'artisan, elle renvoyait chez lui le domestique.

Il rapporta les deux montres et l'horloge, réparées avec le soin le plus scrupuleux.

Plus une facture.

Cette facture montait à la sômme..... de ving-cinq francs.

Étienne, précisément, rentrait.

D'un air désespéré, Louise lui montra ce chiffre.

— Comment veux-tu qu'il se relève avec cela? dit-elle.

— Donne-lui toujours cela, puisque nous le lui de-
vons de par la loi humaine, répliqua Desmarais. Nous
verrons ensuite comment payer la dette que nous impose la loi divine.

Puis, avec un sourire tout gros de mystère :

— Viens ! conclut-il en offrant le bras à la jeune
femme, avec laquelle il ne tarda pas à s'enfermer dans
son cabinet.

IV

M. Desmarais s'assit, prit une **plume et écrivit** la lettre suivante :

« Monsieur,

« Une personne qui vous a fait tort autrefois de cinq
mille francs, se trouve en position de vous les restituer
aujourd'hui. Vous les trouverez sous cette enveloppe...
Tout ce que vous demande le coupable repentant, c'est
de ne pas chercher à le connaître. »

Par-dessus la tête de l'armateur, sa femme le regardait écrire.

— Est-ce tout ? demanda-t-elle en voyant qu'il s'arrêtait pour plier ce billet anonyme.

— A peu près... répondit en souriant Étienne, qui prit
dans un tiroir cinq billets de mille francs, et les fit
entrer dans l'enveloppe, sur le revers de laquelle il
écrivit :

« A Monsieur

« Monsieur Bernard, horloger. »

— Comprends-tu? dit alors Desmarais à sa femme.

Et, dans les grappes retombantes de sa chevelure, il jouait avec les barbes de la plume qu'il tenait encore à la main.

— Oh! fit-elle, tu es le meilleur des hommes ! Cependant...

— Cependant?...

— Si jamais personne n'a volé ce monsieur Bernard ?...

— Il a été pendant dix ans dans les affaires... sois donc tranquille!

— Une dernière observation...

— Parle !

— Comment lui faire parvenir ce billet sans qu'il puisse se douter?...

— Le premier commissionnaire venu... Vingt francs pour se taire, et pour s'enfuir après avoir remis le billet... Je réponds de tout !

— Eh bien, va vite!

Desmarais sortit aussitôt, et ne tarda pas à reparaitre en disant avec un air mystérieux et triomphant :

— C'est fait !

Puis, comme il était juge au tribunal de commerce et que l'heure de la séance était arrivée, il s'enfuit.

Au diner, madame Desmarais s'attendait à le voir reparaitre avec de grands airs joyeux. Tout au contraire,

9

ce fut avec un visage consterné, presque furieux, qu'il revint.

— O mon Dieu ! se récria Louise, qu'as-tu donc?

— Ce que j'ai?... J'ai qu'au moment de clore la séance, en ma qualité de vice-président, j'ai dû décacheter cette lettre de M. Bernard... Écoute !

« Monsieur le président,

« Une somme de cinq mille francs vient de m'être restituée par une personne anonyme qui prétend m'en avoir fait tort autrefois. Cet argent appartient donc à ma faillite : je vous prie, monsieur le président, de vouloir bien en faire la répartition entre mes créanciers. »

— Hein ! qu'en dis-tu?

— Ainsi donc, il ne lui restera rien de cet argent?...

— Absolument rien!... Diable d'homme, va !... Nous n'avons pas de chance, ma pauvre Louise... Tomber précisément sur un puritain commercial! C'est sublime, ce qu'il fait là... je n'en ferais peut-être pas autant moi-même... mais ça n'a pas le sens commun !...

Louise semblait atterrée.

— Comment nous y prendre maintenant pour le tirer de sa misère? reprit Étienne. Quant à moi, je ne vois plus de moyen : ça me semble impossible !

— Cherchons encore... dit-elle.

V

Il est parfois difficile de faire le bien.

Durant la semaine suivante, M. Desmarais se mit martel en tête pour faire accepter ses secours à l'horloger Bernard.

En dernier lieu, la jeune femme eut l'idée de prendre pour auxiliaire le curé de la paroisse, un digne et bon vieillard qui, depuis vingt ans, menait rude guerre à toutes les misères havraises, et qui les connaissait bien.

Il réussit.

Mais ce qui surtout décida le succès, ce fut la position désespérée de la femme de l'artisan.

Elle se mourait lorsque le prêtre parut.

Étienne et Louise n'eurent guère le temps de s'applaudir de leur victoire : quelques jours plus tard, la porte d'en face était tendue de noir.

Ils pourvurent à toutes les dépenses de la triste cérémonie. Le désespoir de Bernard était tel, qu'il en avait presque oublié sa fierté.

Le soir venu, pour la première fois depuis longtemps, Louise ne vit pas s'allumer la lampe derrière la vitre de la mansarde. Mais, hélas ! ce n'était pas le repos qu'annonçait cette obscurité, c'était la fiévreuse prostration de la douleur.

Dès le lendemain soir, effectivement, la lumière reparut.

La jeune femme continua d'y porter fréquemment les yeux. Souvent elle la montrait à son mari.

— Que veux-tu que j'y fasse? répondait-il. Il ne veut plus rien accepter maintenant: il prétend qu'il n'a plus besoin de rien, que son travail lui suffit.

— Mais alors pourquoi le prolonger ainsi? Il a recommencé de plus belle à travailler toutes les nuits.

— Il veut se réhabiliter, c'est évident: voilà son but.

— Si nous le faisions réhabiliter malgré lui?...

— Impossible.

Madame Desmarais avait parlé sérieusement: elle n'eût reculé devant aucun sacrifice pour changer le sort de l'artisan, pour éteindre cette maudite lumière qu'elle ne pouvait s'empêcher de regarder au retour de chaque fête, et qui projetait comme une lueur lugubre sur toutes les joies de son opulence et de sa jeunesse. On ne saurait croire jusqu'où va la persistance de certaines pensées dans le bien, plus encore peut-être que dans le mal. Sans cesse madame Desmarais avait devant les yeux le souvenir de Bernard; sans cesse elle s'ingéniait à le secourir en imagination. C'était le rêve qui visitait le plus souvent sa luxueuse couchette. Elle se voyait avec le costume et la puissance d'une fée: d'un coup de baguette, elle transformait la misérable mansarde en une riante maisonnette sur le coteau d'Ingouville; elle métamorphosait le sombre Bernard en un homme heureux.

Mais, hélas! ce n'était qu'un rêve. Ne pouvant le réaliser à l'égard de son voisin, elle se retourna vers d'autres misères plus faciles à secourir, et pour lesquelles elle devint véritablement une bonne fée, une providence.

— Je n'y ai pas de mérite, répondait-elle aux félicitations de plus en plus affectueuses de l'armateur; je m'efforce d'oublier Bernard !

Pauvre jeune femme ! elle avait beau faire ; la fatale lueur était toujours là, devant ses yeux Elle s'alluma chaque soir durant bien des mois ; durant de longs nivers, elle fit scintiller la vitre souvent fleurie par le froid.

Une nuit cependant, en rentrant du bal, les époux Desmarais remarquèrent que la mansarde n'était pas éclairée.

Même observation le lendemain.

— Il cède à la fatigue, pensèrent-ils ; il se repose enfin !

Hélas ! oui, Bernard se reposait... Il était mort !...

VI

— Tout est fini ! dit l'abbé Guillois au retour de l'enterrement. Louise Desmarais, vous ne reverrez plus cette lumière qui attristait votre bon cœur, elle s'est éteinte pour toujours. Mais votre charité n'a pas dit son dernier mot à l'égard de la mansarde d'en face. Ma sœur, il y reste un orphelin.

— Viens, Louise !... murmura de l'autre côté l'armateur, qui présentait son bras.

Ils sortirent tous les trois ensemble, traversèrent la rue, montèrent au cinquième étage.

L'abbé Guillois poussa une porte basse. Louise re it

la mansarde telle qu'elle l'avait vue dix-huit mois auparavant. Mais le grabat était désert maintenant ; mais il n'y avait plus personne à l'établi ! l'enfant seul était encore là, toujours aussi misérablement vêtu ; il jouait avec le vieux papier épars sur le carreau : c'était tout ce que lui avait laissé son père.

Durant quelques secondes, les époux Desmarais et l'abbé Guillois contemplèrent en silence l'orphelin.

C'était un gentil petit gars, de cinq ou six ans tout au plus, un peu chétif, un peu pâlot ; mais son visage ouvert et ses grands yeux expressifs annonçaient une intelligente et bonne nature.

Louise s'avança vers lui, posa la main sur la petite tête blonde, et, d'une voix douce, elle dit :

— Notre petite Berthe a maintenant un frère !...

Étienne aussi s'était avancé ; il avait pris une des mains de l'orphelin, et lui disait :

— Viens avec nous... viens... mon enfant !..

Ému par la simplicité touchante de cette adoption, le digne pasteur se détournait pour essuyer une larme.

L'enfant, tout étonné d'abord, ne fit qu'une courte résistance ; mais, en quittant la mansarde, il voulut emporter du moins l'un des papiers qui lui servaient de joujoux.

Chose étrange, ce papier se trouvait être une lettre sans signature, la lettre précisément que Desmarais avait écrite à l'ouvrier Bernard !

Le petit Lionel la tenait tout ouverte dans les mains. Le bon prêtre y jeta par hasard les yeux, et, comme il avait la clef de ce mystère, il s'écria :

— Le doigt de la Providence est assurément dans

tout ceci. Garde ce papier, mon enfant... Je t'en dirai plus tard l'histoire, et tu le conserveras précieusement alors, non plus comme un jouet frivole, mais comme une sainte relique.

Puis, se retournant vers les époux Desmarais :

— Pour unique héritage, dit-il, votre fils adoptif n'emporte d'ici que le souvenir de vos premiers bienfaits. J'en ai le pressentiment, ce que vous faites aujourd'hui vous portera bonheur dans l'avenir. C'est une affaire encore, monsieur Desmarais, que vous concluez aujourd'hui, une affaire avec le ciel... Peut-être sera-ce la meilleure opération de toute votre vie !... Ce que l'on donne aux pauvres, on le prête à Dieu !...

VII

Je n'aime rien tant, en fait de littérature, que les choses qui pourraient tenir un volume et que l'on résume en quelques pages.

Le jeune Lionel se montra digne de ses parents adoptifs. Enfant docile, élève studieux, il devint plus tard un jeune homme accompli.

Berthe en même temps avait grandi ; Berthe était devenue la plus charmante jeune fille de toute la Normandie. Elle avait été élevée avec Lionel. Premières impressions, premiers plaisirs, premiers rêves d'avenir, tout leur avait été commun. Éternelle histoire de Paul et Virginie, ils s'aimaient.

Mais sans se l'être jamais dit, peut-être sans se l'avouer à eux-mêmes.

Lionel cependant avait l'expérience anticipée que donne aux jeunes gens le contact de la vie extérieure. Il lut dans son âme, il fut épouvanté.

Par suite d'une prospérité constante, M. Desmarais était devenu le plus riche armateur du Havre. Lionel prit une résolution héroïque ; il alla trouver son bienfaiteur, et lui manifesta son intention de partir immédiatement pour les Indes.

Étienne s'étonna. Le jeune homme, pressé de questions, finit par répondre franchement :

— J'aime votre fille, monsieur. Pour oser vous demander sa main, il faut que j'aie fait fortune !

— Vous êtes le digne fils de votre père, répondit le négociant, profondément ému. Je ne vous retiens plus. Partez!...

Lionel poussa la loyauté jusqu'à fuir les occasions de se trouver seul avec Berthe. Au dernier moment, néanmoins, un serrement de main, un regard, exprimèrent tout ce que les jeunes gens auraient pu se dire.

Madame Desmarais avait peut-être deviné le secret de sa fille. En se séparant de Lionel, elle embrassa le jeune voyageur avec une émotion toute particulière, elle lui dit :

— Reviens bientôt, mon fils !

M. Desmarais l'accompagna jusqu'en rade, et ne le quitta pas sans lui avoir cent fois répété :

— Du courage... et bonne espérance!...

Les premiers jours furent tristes. C'était le commencement de l'hiver ; chaque soir, en se retrouvant autour du foyer, on parlait de l'absent.

Étienne et Louise observaient attentivement leur fille.

Berthe, évidemment, aimait Lionel.

— Nous ne pouvions lui trouver un meilleur mari, se dirent les époux ; mais il a la fierté de son père, il ne reviendra qu'après avoir fait fortune.

— Attendons !... murmura Louise.

Et jamais elle ne s'endormit sans avoir prié pour celui qu'elle considérait comme son fils.

Les premières lettres qui arrivèrent des Indes furent à toute la famille des jours de joie.

Les débuts du chercheur de fortune avaient été des plus heureux.

On lui répondit en le priant de modérer son ambition. On permit même à Berthe d'ajouter au bas de la lettre ces quelques mots :

« Il n'est pas besoin d'être si riche, mon frère... reviens bientôt... »

Trois années cependant s'écoulèrent ; Lionel n'était pas encore revenu.

Berthe allait avoir dix-huit ans.

Tout à coup les lettres cessèrent. La jeune fille devint triste et pâle ; déjà ses parents commençaient à s'inquiéter, lorsqu'une catastrophe soudaine fit momentanément oublier tout le reste.

Par suite de complications commerciales trop longues à raconter ici, M. Desmarais se trouva complétement ruiné.

Il sut éviter la faillite, et, pour conserver son honneur de négociant, il sacrifia jusqu'à ses épargnes secrètes. La dot même de madame Desmarais fut engloutie dans ce naufrage.

9.

L'armateur était accablé ; sa femme et sa fille se montraient au contraire pleines de courage.

— Il nous reste l'estime de tous, disaient-elles. Nous travaillerons, nous nous relèverons ; d'ailleurs est-il besoin d'être riche pour être heureux ?

Peut-être Berthe ajoutait-elle tout bas :

— Qu'il revienne donc bien vite !... Quand bien même il n'aurait pas réussi, je puis être sa femme maintenant : je suis pauvre !

M. Desmarais trouva une place ; Louise et Berthe cherchèrent de l'ouvrage. Tout cela n'était que bien juste pour vivre. On dut prendre un logement au cinquième étage, et, par un rapprochement assez singulier, ce fut précisément dans la maison d'en face. L'ancienne mansarde de l'ouvrier Bernard faisait partie de ce nouvel appartement.

C'était là que se tenait ordinairement la famille ruinée, c'était là que souvent venait lui rendre visite l'abbé Gaillois.

— Ne vous laissez pas abattre, disait-il. Vous avez remboursé toutes vos dettes ; Dieu ne vous a pas payé les siennes.

Il y avait déjà six mois que la famille Desmarais vivait ainsi, lorsque, certain soir, un pas précipité retentit dans l'escalier.

Avertie par un secret instinct, Berthe porta la main à son cœur et se redressa soudainement.

La porte s'ouvrit : c'était Lionel.

— Je suis riche... s'écria-t-il, plus riche que vous ne l'avez jamais été, monsieur Desmarais !... Je vous demande la main de votre fille !...

La mère et la fille jetèrent un cri de joie, et s'élancèrent dans les bras du jeune homme.

L'ancien armateur, cependant, restait immobile et grave.

— Lionel... mes enfants... dit-il, il m'en coûte de vous affliger ; mais j'ai ma fierté aussi, moi!... Quand Lionel était pauvre, je ne l'ai pas retenu en lui disant : Je te donne ma fille... A mon tour, je suis pauvre maintenant, et...

— Vous !... s'écria impétueusement le jeune homme, non, non, vous êtes riche !...

Et, tirant de son sein un papier jauni, il le présenta à son père adoptif ; mais après avoir raturé quelques mots sur l'écriture déjà ancienne.

Ce papier, c'était la lettre que l'armateur Desmarais avait jadis écrite à l'horloger Bernard, et que, plus tard, Lionel encore enfant avait emportée de la mansarde.

Le jeune homme s'était contenté d'ajouter deux zéros ; au lieu de 5,000 francs, il avait mis 500,000 francs.

Vainement Desmarais voulut refuser.

— Souvenez-vous donc de mon père, lui dit Lionel, et regardez votre fille !.. Je ne vous donne pas, d'ailleurs... je ne vous prête pas... j'ai fait fructifier votre capital... je vous rends mes comptes, voilà tout... Nous sommes associés !...

Berthe et Louise étaient venues se placer aux deux côtés d'Étienne et le suppliaient des yeux.

Néanmoins, la fierté du négociant hésitait encore.

L'abbé Guillois entra ; d'un regard il comprit tout. Il

plaça la main de Berthe dans celle de Lionel; puis, s'adressant à Desmarais, il lui dit :

— Ne rougissez donc pas d'accepter ce que Dieu vous envoie !... C'est à lui que vous aviez prêté; c'est lui même qui vous rend la fortune et le bonheur

LA PIÈCE DE TOILE

————

I

RENCONTRES.

« Demain !... Oui, c'est demain ! » me répondit l'heureux Joseph.

Ou plutôt Ioseph, comme on prononce à Gérardmer.

Gérardmer, vous le savez peut-être, est situé dans la partie la plus pittoresque de nos Vosges, au milieu des grands bois de sapins et de hêtres. Partout des roches tapissées de mousse, partout des ruisseaux et des cascades. Deux charmantes rivières, la Jamagne et la Vologne, qui prennent çà et là des allures de torrents. Trois lacs ! C'est l'Interlaken français. Comme vallées, comme ombrages, Bade n'offrait rien de plus séduisant. Or, Bade n'existant plus pour nous, Gérardmer doit remplacer Bade.

Et puis quelles braves gens ! Quelles mœurs patriarcales !... A l'intérieur de chacun de ces chalets éparpillés
dans les vertes perspectives, un métier fabrique de la
toile, la fameuse toile de Gérardmer ! A l'entour, on
voit un jardin, des cultures, des prairies, du bétail. La
vie agricole se mêle au travail industriel et répand dans
toutes ces familles, où pas une paire de bras ne reste
inoccupée, l'aisance et le bonheur. Ajoutez encore à
cela l'exploitation forestière. C'est la femme qui, les
trois quarts du temps, pousse la navette ; l'homme est
bûcheron, schlitteur, ou ségare. On nomme ainsi les
propriétaires de ces petites scieries hydrauliques qui se
rencontrent à chaque pas au bord des cours d'eau rapides.

Ioseph était le fils d'un ségare. Lors de notre première rencontre, il n'avait guère plus de douze ans,
mais vous lui en auriez donné au moins quinze. Quel
beau petit gars ! Je le vois encore, avec sa chevelure
frisottante, son teint bronzé, sa mine résolue, son regard étincelant. Leste et vif comme un écureuil, il sup-
pléait à la force par la hardiesse, et déjà maniait crâne-
ment la schlitte et la hache. Il ne se plaisait que dans
les bois, où les touristes et surtout les artistes le recher-
chaient pour guide. Mais ne l'obtenait pas qui voulait !
Ombrageux et fier, notre Ioseph. Un vrai sauvage. Nous
le surnommions Uncas, ou le jeune Mohican des Vosges.

J'avais eu le don de l'apprivoiser. Nous étions les
meilleurs amis du monde, et ce fut encore ainsi pendant la saison suivante. Mais je ne retournai plus à Gérardmer. Une dizaine d'années s'écoula. Il n'en faut pas
davantage pour effacer bien des souvenirs !

Certain jour, dans je ne sais plus trop quelle ville du
Midi, sur une promenade où jouait la musique militaire, je remarquai un jeune soldat, portant l'uniforme
des chasseurs à pied, qui se retrouvait toujours sur
mon passage et me regardait avec une hésitation singu-
lière.

« Où diable ai-je vu cette figure-là ? » me demandais-
je, lorsque, prenant enfin son parti, il m'aborda franchement, et d'un ton de reproche :

« Monsieur, dit-il, vous ne me reconnaissez donc
pas ? »

La mémoire aussitôt me revint. Je m'écriai :

« Joseph ! »

C'était bien lui. Il avait, ma foi, fort bon air sous la
capotte verte, et l'on ne s'étonnait nullement de lui
voir sur la manche les galons de sergent-fourrier.

« Mon brave Joseph ! poursuivis-je en lui serrant la
main, mais pourquoi donc ne pas m'avoir parlé plus
tôt ?

— Je n'osais pas, répondit-il. Vous savez, je suis un
de ces effrontés qui sont en même temps très-timides.
Et puis, vous l'avouerai-je, la rencontre m'avait tout
ému. Quand on est si loin du pays, tout ce qui le rappelle vous va droit au cœur ! »

Et le pauvre garçon se détourna pour essuyer une
larme.

Avec intérêt, je me mis à l'interroger.

« Vous n'êtes donc pas heureux au régiment, mon
ami ?

— Si fait !

— Votre père jouit d'une certaine aisance... D'où
vient qu'il ne vous a pas acheté un remplaçant ?

— D'abord et d'une, parce que le bonhomme tient à ses écus. Ensuite, parce qu'il est de croyance chez nous que, pour devenir vraiment un homme, il faut avoir été soldat. C'est moi-même qui l'ai voulu... Pas de méprise quant à l'attendrissement de tout à l'heure ! Je vous atteste qu'il n'y a pas, dans toute l'armée française, un chasseur plus satisfait et plus gai que le sergent Ioseph ! »

Il parlait sincèrement ; il avait repris avec son aplomb la belle humeur et le *chic* du sous-officier français.

« A la bonne heure ! répliquai-je, et permettez-moi de le dire, les sardines vous vont si bien qu'on vous souhaiterait l'épaulette !

— Quant à ça, merci ! se récria-t-il ; mais souvenez-vous donc que je suis un indépendant, un Mohican ! Il me faut le grand air de la liberté... la montagne... les bois... Gérardmer !

— Parlons-en donc ! » conclus-je en passant mon bras sous son bras.

Malheureusement, je repartais le soir. D'autre part, le sergent était de service. Il fallut se séparer, mais après un dernier épanchement cordial.

« Ah ! me dit-il, si vous saviez combien cette causerie m'a redonné du cœur ! Jusqu'à présent, je n'avais pu qu'y penser, y rêver... au pays !

— Et à la payse ? hasardai-je.

— L'un ne va pas sans l'autre ! avoua-t-il en souriant.

— Ah ! Ioseph, Ioseph, il y a quelque chose que vous ne m'avez pas dit ! »

Je venais de lui promettre une visite à Gérardmer.

« Là-bas, conclut-il, je vous dirai tout... Ou plutôt, vous verrez ! vous verrez !

— Quand cela ?

— Dans dix-huit mois ! L'autre été ! »

Ceci se passait au printemps de 1870. Quelques semaines plus tard, c'était la guerre.

Pendant tout le cours de nos désastres, en songeant aux amis que je comptais sous les drapeaux, Ioseph ne fut pas oublié.

Qu'était-il devenu ?

Diverses circonstances m'empêchèrent de lui tenir ma promesse. Elle me revint à l'esprit ce printemps, à l'exposition de Vienne, lorsque cette inscription frappa mes regards :

INDUSTRIE DES VOSGES, TOILES DE GÉRARDMER.

J'y courus. Qui présidait à ce comptoir ? Ioseph.

Nouvelle transformation ! C'était maintenant un monsieur, un vrai négociant.

Le ruban de la Légion d'honneur se remarquait à la boutonnière de sa redingote noire. Mais, hélas ! l'une des manches était reployée en dessous, vide de l'avant-bras.

Est-il besoin de dire quels furent, après une chaleureuse accolade, mes compliments à propos de sa décoration, les regrets que m'inspira la vue de la blessure qui le rendait invalide à vingt-cinq ans.

« Bah ! fit-il, ce n'est que le poignet gauche ! Il me reste la main droite pour serrer celle de mes amis... »

Et nous causâmes. Sa tenue, ses expressions, tout en

lui me montrait un autre homme, plus distingué, plus grave, mais qui n'avait rien perdu cependant de la franche cordialité de sa première jeunesse.

« Ainsi donc, lui dis-je au bout d'un instant, vous voici dans le commerce?

— Comme vous le voyez! Représentant de l'industrie vosgienne... et, pour mon compte personnel, entrepositaire, bientôt fabricant... J'arriverai peut-être à la fortune !

— Oh ! oh !... de l'ambition ?

— Non pas ! de l'amour. »

Ces derniers mots, il me les avait dits tout bas. Et dans ses yeux, sur ses lèvres, je venais de revoir le sourire, le regard du sergent-fourrier des chasseurs de Vincennes.

Ma curiosité se réveillait. Je voulus en savoir davantage.

« L'endroit, me répondit-il, n'est pas propice aux longues confidences. Oh ! c'est toute une histoire !

— Eh bien ! tantôt... chez moi... »

En ce moment, une dame passait dans la galerie, une très-grande dame allemande. Il me parut qu'elle échangeait un signe d'intelligence avec Ioseph, qui, très-courtoisement, la salua.

De plus en plus intrigué, mais sans que rien le témoignât, je renouvelai ma demande.

« Impossible à Vienne ! fit-il d'un air mystérieux. J'ai promis, j'ai juré de me taire... et je suis homme de parole, moi.

— Qu'est-ce à dire, monsieur Ioseph !

— Ne deviez vous pas venir à Gérardmer?

— J'irai cet automne...

— Eh bien ! c'est là que j'accepte votre rendez-vous...
C'est là que vous connaîtrez mon roman... Patience ! »

Et, pendant les quelques jours de ma halte dans la
capitale de l'Autriche, ce fut tout ce que j'obtins du trop
discret Joseph.

Vers la mi-septembre, je me présentai chez son
père, le vieux ségare.

« Joseph est-il de retour, monsieur Glam ?

Tel est le nom du bonhomme.

« Depuis quasiment deux semaines, me répondit-il,
mais on ne le rencontre guère à la maison... Et ça se
conçoit... Les derniers préparatifs de son mariage...

— Ah !.. ah !.. Voici qui double encore mon impatience de le voir. Dites-lui que je suis descendu, comme
autrefois, chez Reiterhart, à l'hôtel de la Poste.

— Entendu ! La commission sera faite !.. »

C'était le soir.

« Il viendra demain, » pensai-je.

Les premières heures de la matinée s'écoulèrent...
personne !

Un peu dépité, je pris mes lignes de pêche et me dirigeai vers le lac de Retournemer.

C'est le plus petit des trois, mais le plus poissonneux...
et le plus pittoresque. Figurez-vous un miroir encadré
dans des hauteurs superbement boisées. Comme premiers plans, à l'entour des eaux dormantes, se dressent
des sapins et des hêtres qui semblent dater de la création. Quelques rochers aux arêtes fantastiques surgis-
sent çà et là parmi le feuillage, épais et sombre comme
celui d'une forêt vierge. Sur la lisière, toutes sortes de
végétations bizarres. Un ruisseau chante dans le pré
vert, une cascade invisible dans le taillis frémissant. Au-

cun autre bruit ne trouble le silence. C'est la solitude, c'est le désert. On se croirait au bout du monde... et du nouveau monde.

J'étais là depuis deux heures, et venais d'amener sur la rive une superbe truite, lorsque tout à coup, derrière moi, la voix de Ioseph se fit entendre :

« Bravo !.. Mais ne vous dérangez donc pas !.. Continuez.. tout en m'écoutant... Chose promise, chose due !.. Je commence.. »

II

UNE IDYLLE.

Tandis que mes hameçons replongeaient dans le lac, Ioseph s'était assis sur un quartier de roc. Après un court silence, il prit la parole en ces termes :

. . . .

Ah !.. cela date de loin. Pour tout dire, il faut remonter jusqu'à mon enfance. Rappelez-vous quel vagabond j'étais alors, quel sauvage !.. Uncas, ou le jeune Mohican des Vosges, comme disaient vos amis.

C'était tout simple. Ma naissance avait coûté la vie à ma mère. Dès que je pus marcher, mon père m'emmenait avec lui en forêt. La forêt fut quasiment mon berceau.

Affolé par le chagrin qui lui causait la mort de sa femme, le pauvre veuf ne faisait guère attention à moi.

J'étais libre comme les écureuils qui sautaient dans les branches, et, les prenant pour modèle, j'acquis promptement leur agilité. La force me vint de même, comme aussi le goût du travail. Il me fallut une cognée. Je me plaisais aux longues marches, aux descentes hardies des traineaux lancés presque à pic. Nos schlitteurs, nos charretiers, nos bûcherons, avaient en grande amitié leur petit ségare. Je les surveillais, je les activais en les amusant. Un homme, un contre-maitre, n'eût pas mieux secondé le père Glam. Aussi me laissa-t-il vivre à ma guise, sans autre enseignement que celui que donne la nature au fond des bois. Vers l'époque de ma première communion, ce fut monsieur le curé qui s'aperçut que je ne savais pas lire.

Qui fut étonné? Mon père. Il avait naïvement oublié ce détail. Mais, comme l'instruction est en grand honneur dans notre contrée, il eut remords de mon ignorance, et, voulant aussitôt réparer le temps perdu, dès le lendemain, il me conduisit-lui-même chez l'instituteur.

Vous le savez, il y en a chez nous plusieurs, car la commune de Gérardmer est la plus disséminée, la plus étendue de France. Chacun des hameaux, chacune des *sections* qui la composent possède sa maison d'école particulière. La nôtre est tout proche du lac de Longemer, pas très-loin de la scierie.

Elle était tenue... et, Dieu merci ! elle l'est encore, par Nicolas Remy, le plus digne homme qui soit au monde. A cette époque, déjà sa tête était blanche, mais surtout à cause des chagrins. La mort avait fait de tels vides autour de lui que, de toute une famille nombreuse, il ne lui restait qu'une pauvre petite orpheline et de père et de mère. Mais, lorsqu'on s'avisait de le plaindre, il avait coutume de répondre :

« N'ai-je pas aussi pour enfants tous ceux qui viennent à mon école ? »

J'allais en être. Rude épreuve. Figurez-vous un louveteau pris au piége. Et puis, qu'elle honte ! Moi, grand garçon, je me trouvais enrôlé parmi des marmots qui, naturellement, se moquèrent de leur nouveau camarade. Ahuri, affolé, je sautai par la fenêtre et je m'enfuis dans la forêt.

Mais le soir, à la maison, quel accueil !... et quelle scène !

« Ah ! tu désertes, garnement ! Tu fais l'école buissonnière ! Mais c'est qu'il nous rendrait la risée du pays ! Je te reconduirai demain à la section, et dussé-je t'attacher à ton banc, tu y resteras !.. Je le veux ! »

Vous ne connaissez pas l'auteur de mes jours. Bon comme le bon pain, mais une volonté de fer.

L'instituteur me vit donc reparaître devant lui, le front courbé, l'oreille basse.

« Laissez-moi toute liberté d'agir ! dit-il en calmant mon père, et je réponds d'en venir à bout. Patience ! »

Ce qu'il en mit lui-même dans ses premières leçons, je ne pourrais vous le dire. Et quelle autorité vis-à-vis des autres, qui recommençaient à ricaner en dessous. Peine perdue. Cependant aucun mauvais vouloir de ma part. Mais j'étais humilié de tant d'ânerie, j'étouffais entre ces quatre murailles, et, le sang au cerveau, des larmes plein les yeux, je ne voyais rien, je n'entendais rien, je ne comprenais rien. Une brute !

« Non ! m'écriai-je à la fin avec des sanglots, non ! je ne pourrai pas ! je ne pourrai jamais ! »

Une douce voix me répondit :

« Veux-tu que je t'apprenne, moi ? Nous irons dans le fond du jardin. »

C'était Catherine Remy, la petite-fille du maître d'école, qui venait de parler ainsi.

Elle n'avait guère que sept ou huit ans. Je lui répondis :

« Avec toi... oui... mais pas devant les autres.

— Viens...! » conclut-elle, autorisée par un geste de son père.

Il avait déjà compris que, pour vaincre mon endurcissement, ma sauvagerie, rien ne vaudrait la douceur et la gentillesse de cette enfant.

Le jardin de l'école monte en pente douce dans la prairie, presque jusqu'à la lisière de la forêt.

Je me retrouvais là dans mon élément, au grand air, en pleine nature.

Ajoutez que c'était au printemps. Rien de délicieux alors comme cet endroit. On a la vue de tous les alentours, la bonne odeur des sapins, le silence et l'isolement à l'heure des classes. Aussi, que d'oiseaux !

« Ceux-là ne se gausseront pas de toi ! me dit gaiement Catherine.

— D'apparence ! répondis-je sur le même ton, mais ils sont bien heureux de ne pas aller à l'école !

— Tu ne raisonneras pas toujours ainsi ! » conclut-elle avec un petit air capable qui lui seyait, ma foi, très-bien.

Tout au bout du jardin, en travers d'une allée sablonneuse, un tronc d'abre à peine équarri servait de banc. Nous nous y assimes.

Catherine, ou plutôt Kate, comme on abrége chez nous. avait apporté un alphabet.

Elle commença par désigner les lettres en me disant leurs noms. Puis, à l'aide d'une baguette de noisetier, elle les traça, elle me les fit tracer sur le sable.

Et d'une si gentille façon que cela m'amusait comme un jeu. En moins de deux heures, déjà la plupart des formes et des sons se gravaient tout naturellement dans ma mémoire.

« Courage ! disait-elle de sa douce voix ; mais tu n'as pas la tête dure du tout... Encore une fois !... de mieux en mieux !... Gageons que tu me feras honneur ! »

Tout à coup les écoliers sortirent bruyamment de la classe. Quelques-uns nous avaient aperçus ; ils se dirigeaient vers nous.

Kate savait lire dans les yeux tout aussi couramment que dans les livres.

« Va-t'en ! me dit-elle, va courir dans les bois... mais reviens tantôt... à deux heures ! »

Oh ! je n'eus garde d'y manquer, ni le lendemain matin non plus, où me furent montrés les chiffres.

Lorsqu'elle me congédia comme la veille, je demandai à emporter l'*A*, *B*, *C*, *D*, afin d'étudier seul en forêt, même pendant la récréation.

« Bravo ! me dit Kate ; si tu t'appliques d'aussi bon cœur, ça marchera vite ! »

En effet, dès la semaine suivante, j'épelais, je comptais, je griffonnais, et sur une ardoise.

Tant et si bien qu'à la fin du mois, le père Remy fut émerveillé de mes progrès. Jamais, pour son propre compte, il n'avait obtenu de pareils résultats ! Un miracle !

Il est vrai que, sous le rapport de la volonté, Joseph
Glam est bien le fils de son père. Quand nous nous
sommes mis quelque chose là, le diable lui-même ne
nous en ferait pas démordre.

Or, je ne voulais plus être un ignorant. Puis j'avais
tant de plaisir à satisfaire ma chère petite institutrice, à l'entendre me répéter avec son encourageant
sourire :

« Bien ! très-bien !... je suis contente et fière de toi,
Joseph ! »

Parfois, cependant, mes instincts de vagabondage
reprenaient le dessus. J'avais mal à la tête, et comme
des fourmis dans les jambes. Mais Kate me calmait, me
ramenait par toutes sortes de bonnes paroles :

« Songes-y donc, Joseph... nous ne pouvons travailler
ainsi que pendant les beaux jours. Lorsque viendra
l'hiver... et la neige, qui chez nous dure six longs mois...
faudra bien que tu rentres à l'école... mais plus avec les
petits... avec les grands !... Voilà qui serait pour nous
deux un triomphe ! »

Elle n'en eut pas le démenti. Dès la rentrée des
vacances, j'allai m'asseoir au banc des garçons de mon
âge. Ah ! je fus d'abord le dernier, mais ma fièvre
d'apprendre ne se ralentit pas. Kate me surveillait,
m'excitait. C'était comme une ascension au mât de
cocagne. A mesure que je grimpais par-dessus les
autres, ses yeux bleus semblaient me dire : « Hardi,
Joseph ! » Au retour du printemps, j'étais parmi les
premiers.

Je vous laisse à penser la jubilation du bonhomme
Glam et ses remercîments envers le vieil instituteur.
Mais celui-ci répondait :

« Je n'y suis pour rien !... Toute la gloire en revient à ma fillette ! »

Ce n'était que justice, et peut-être ce premier succès décida-t-il de sa vocation : Catherine devait être plus tard une des meilleures institutrices qui soient en France. Mais n'anticipons pas sur les événements.

Nous avions moins de rapports que par le passé, mais on n'en restait pas moins bons amis, une de ces amitiés d'enfance qui ne s'effacent jamais du cœur. Du reste, il n'y avait pas de jour qui n'amenât plusieurs rencontres, quelques mots échangés au passage, des regards, des sourires, un serrement de mains. Je lui gardais une profonde reconnaissance ; elle conservait sur moi, bien que de quatre à cinq ans plus jeune, une influence, une autorité qui m'étaient chères. Si je rapportais de mes courses une fleur rare ou de beaux fruits, quelques truites ou du fin gibier, c'était pour elle. J'étais devenu l'élève favori de son grand-père. Il me donna plus tard des leçons particulières, et m'enseigna même un peu d'allemand : c'est un Alsacien d'origine. Souvent nous passions la soirée tous les trois, lisant ensemble quelque bon livre, ou causant. Bref, une de ces intimités montagnardes qui développent et concentrent la sympathie dans les âmes.

Des années se passèrent ainsi. Comme je sortais de l'adolescence, elle s'en alla à la ville pour le complément de son instruction. Au retour, j'approchais de mes vingt ans. Elle en avait quatorze. La pension et le travail l'avaient pâlie, maigrie, presque enlaidie. Je l'aimais ainsi qu'une jeune sœur dont on est fier, et pour laquelle on risquerait sa vie... voilà tout.

Cependant, lorsque je partis soldat, lorsque je fus

loin, ce n'était pas au pays, ce n'était pas à mon brave
homme de père que je pensais le plus souvent, c'était à
elle ! En Afrique, durant les longues gardes solitaires
sous le ciel étoilé, que de fois n'ai-je pas revu flotter
dans l'espace et comme en rêve une boucle de ses cheveux blonds, son doux regard, son frais sourire ! Quand
je reçus le baptême du feu, j'entendis sa voix qui me
disait encore : « Hardi, Ioseph ! » et si Ioseph ne broncha
pas, ce fut grâce à ce souvenir !

Mais lors du congé de semestre, trois ans plus tard,
quelle différence ! une métamorphose ! Catherine était
devenue si distinguée, que je demeurai grave, comme
frappé au cœur. Je me dis aussitôt :

« Tu n'aimeras qu'une seule femme... et la voici ! »
Étonnée, ne devinant pas, elle m'interrogeait.

« Je ne dois m'expliquer que devant ton grand-père,
lui répondis-je ; allons le trouver tout de suite. »
Dès que nous fûmes en sa présence :

« Monsieur Remy, déclarai-je, une révélation soudaine vient de se faire en moi !... J'aimais, j'aime Catherine... Oh ! mais !.. là, bien vrai. Et si vous y donnez
votre consentement... si elle veut bien de moi... c'est
chose faite ! »

Pauvre chère Kate !.. Ah ! je la vois encore ! Toute
surprise, tout émue, toute frémissante, elle courut
s'abriter entre les bras de son grand-père.

Quant à lui, le front attristé, d'un accent presque sé-
vère :

« Joseph, me répondit-il, tu savais bien qu'un refus
n'était pas à craindre de notre part, et tu viens d'en
abuser... c'est mal ! Tu devais d'abord t'adresser à ton
père... Il est riche, et nous sommes pauvres ! »

Cette idée là ne m'était pas venue. Pour qu'on m'en pardonnât l'oubli, je courus la réparer sur l'heure.

En approchant du chalet, mon pas se ralentit. Certes, le père Glam est un homme juste, et je ne mettais pas en doute son vif désir de me rendre heureux. Mais il a l'orgueil de l'aisance conquise par son travail... mais je le savais ambitieux de m'établir richement. Cela se conçoit, n'est-ce pas ?

Nonobstant, ce fut avec franchise que j'abordai la question. Il me semblait encore que la voix bien-aimée me disait tout bas : « Hardi, Ioseph ! »

Le vieux ségare m'écouta jusqu'au bout sans avoir soufflé mot. Mais un pli se creusait dans l'étroit intervalle qui sépare ses deux sourcils épais et grisâtres, ainsi qu'une broussaille couverte de givre.

Ce silence enfin m'inquiéta. Je lui demandai s'il avait quelque objection dans l'esprit.

« Contre Catherine et son grand-père, me répondit-il, rien de rien. Ce sont de braves gens ; c'est une fille parfaite et qui ne saurait que nous faire honneur... Mais je prétends que ma bru n'entre pas ici les mains vides...

— Ah ! je comprends... de la fortune ?

— Non... j'en rabattrai... Mais une dot... Il en faut une... je le veux...

— Combien, père ?

— Mille écus. »

Il n'y avait pas à marchander. C'est proverbial que le bonhomme Glam ne revient jamais sur un chiffre.

Je m'en retournai à la maison d'école avec cet ultimatum. Hélas ! durant toute sa longue carrière, le vieil instituteur n'était parvenu à ramasser que **quinze cents** francs d'économie.

Mais nous avions de la marge devant nous. Il s'en fallait de deux années pour le moins que je fusse affranchi du service militaire. Nous étions jeunes, **nous** nous aimions. Jeunesse est en droit de compter sur l'imprévu.

L'imprévu se manifesta sous les traits d'une excellente personne, la dame d'un des grands constructeurs de Mulhouse, qui se trouvait en villégiature dans nos montagnes. Elle avait pris Catherine en amitié ; elle eut connaissance de son embarras, et lui dit :

« Je me charge d'y pourvoir, mon enfant. Il y a un métier dans ta chambre, et je sais que tu travailles comme une fée. Tes devoirs d'institutrice te laissent peu de loisir, mais nous avons deux années devant nous. D'ailleurs, j'aime le beau linge... Il me faut un chef-d'œuvre. Tu vas me tisser une pièce de toile comme il n'y en a pas, et, quand elle sera terminée, on te comptera tes quinze cents francs. Je t'enverrai le fil ! »

Oh ! la fée, c'était cette bonne dame. Je vous laisse à penser nos remerciments, notre joie, surtout celle de ma chère Kate !

« Comprends donc ! me disait-elle, c'est mon travail qui va gagner notre bonheur ! »

Avec cette assurance, je repartis pour le régiment.

Les premiers mois, tout alla bien. Catherine et moi nous nous écrivions, et je patientais. Mais bientôt les semaines me parurent longues comme des mois, les jours longs comme des semaines. C'était si loin ! vous savez, tout là-bas, dans le Midi. Une mélancolie s'em-

para de moi. Je redevins sauvage, et parfois je pleurais.
Un pressentiment !

Comme le terme approchait de la délivrance, la
guerre éclata tout à coup.

Adieu mon congé ! Reverrais-je maintenant le pays...
et Catherine ?

J'eus du moins cette consolation. Le régiment allait
en Alsace, vers Strasbourg. En passant à Colmar,
j'obtins une permission de vingt-quatre heures. Ce n'est
guère que le temps d'aller et de venir. Aussi, comme je
m'élançai par le val de Munster ! Il me semblait avoir
des ailes !

J'arrive à la Schlucht, ce passage qui se trouve là-
haut, sur la limite alors des deux départements. Maintenant, hélas ! c'est la frontière. Je dégringole sous bois,
par ce raccourci dont nous apercevons le débouché sur
l'autre bord du lac, et, toujours courant, je tombe à la
scierie, dans les bras du père Glam.

Oh ! le bon père !.. Il fut assez généreux pour ne pas
me retenir longtemps. De lui-même, il me poussa sur le
chemin de la maison d'école en s'écriant :

« Au tour de Catherine !... Va l'embrasser... et de ma
part aussi ! Désormais, je la considère comme ma fille ! »

Cette entrevue suprême, oh ! je vivrais cent ans que
je n'en oublierais pas les émotions ! Nous pleurâmes
d'abord comme deux enfants. Puis il y eut une éclaircie
de gaieté... rayon de soleil entre des nuages !

« Bon espoir ! me dit-elle. Tu me reviendras, ami...
Ton père consent... Nous serons heureux ! Dieu nous
protége. »

Et, découvrant la fine pièce de toile, aux trois quarts
enroulée déjà sur le cylindre du métier :

« Tu vois, le travail avance! Courage! En poussant la navette chaque soir, je prierai pour toi! »

Au dernier moment, nous étions graves et recueillis l'un et l'autre. L'heure du départ sonna. Je prononçai le mot d'adieu...

« Non pas adieu... Au revoir! » répondit-elle avec une assurance qui m'étonna tout d'abord.

Mais elle ajouta, tandis que son regard croyant se levait vers la voûte étoilée :

« Ou sur la terre, ou dans le ciel! »

A l'heure dite, j'étais de retour à mon poste.

Que vous dirai-je? Monsieur. J'étais à Reichshoffen, et ce nom-là dit tout. La déroute m'entraîna vers Châlons. Il fallait des messagers capables de parvenir jusqu'au maréchal Bazaine. Je m'offris. J'arrivai, mais ne pus ressortir, enfermé, cerné, traqué comme les autres! Oh! ceux-là qui ont assisté à l'agonie de Metz, ceux-là seulement connaissent ce que c'est que la misère et le désespoir!

Et, par-dessus tout, cette torture de se répéter incessamment :

« Pas de nouvelles!... Rien!... Mais que sont-ils devenus là-bas, au pays? »

III

DRÔLERIES PRUSSIENNES

Navré par ce souvenir, Joseph avait fait une courte pause. Il reprit :

Notre contrée fut la dernière envahie. Déjà l'hiver

sévissait dans toute sa rigueur, déjà la neige couvrait les chemins.

Ils attendirent une victoire certaine avant de franchir ces crêtes, ces ravins boisés, ces passages si faciles à défendre, et que pourtant on n'a pas défendus !...

Non ! ils arrivèrent librement, ce qui leur causait une certaine appréhension. Aussi faisaient-ils les bons apôtres : « Nous ne continuons la guerre que contre le gouvernement... nous respectons les personnes et les propriétés. » Ils avaient peur que le patriotisme de nos forestiers et de nos montagnards ne se réveillât à l'appel de quelque chef dirigeant enfin les colères.

Leur conduite restait donc à peu près supportable dans les villages, mais ils se rattrappaient sur les fermes et les maisons isolées.

L'école sectionnaire se trouvait dans une situation des plus dangereuses, et, maintes fois déjà, le vieil instituteur avait tremblé, surtout pour sa fille.

Certain jour, un régiment de cavalerie passait. Des hommes du Nord, aux figures rogues et hargneuses. Nicolas Remy les regardait par le coin d'une vitre, tout en faisant signe à Catherine de rester à l'écart.

Il commençait à se rassurer ; le corps principal avait disparu, l'arrière-garde disparaissait à son tour, lorsque quelques trainards se montrèrent de l'autre côté, attardant à dessein leur marche.

En effet, arrivés devant l'école, ils lancèrent leurs chevaux dans le tronçon qui se raccorde à la route, mirent pied à terre devant la porte, l'enfoncèrent, et se répandirent dans la maison.

Elle fut aussitôt dévalisée. Les menus objets, la pendule, le linge, la batterie de cuisine, tout y passa. Ils avaient des sacs et, pour les suspendre à l'arçon de leur selle, des courroies préparées d'avance. Ah! quels emballeurs!

Catherine avait retenu son grand-père, qui voulait protester, se défendre. A quoi bon! Ils étaient cinq, dont une espèce de brigadier, plus rapace et plus brutal encore que les autres.

Il s'était adjugé la pièce de toile.

A son tour, Catherine eut un élan, quelques mots de résistance. Songez donc, c'était sa dot qu'on emportait! Le vieillard se jeta au-devant d'elle et lui fit un rempart de son corps. Ils furent insultés, menacés. On leur tira même des coups de revolver. La trace des balles se voit encore sur les murailles. Finalement, avec des éclats de rire, les voleurs enfourchèrent leurs montures, et déguerpirent au galop.

Le père Remy suffoquait, exaspéré. Il eut la folie de vouloir poursuivre les misérables, et courut sur la route, en les maudissant. Mais au bout de quelques pas, une faiblesse l'arrêtant, il tomba sur la neige, évanoui, comme mort.

Depuis un quart d'heure, sa petite-fille se désespérait, impuissante à le ranimer, trop faible pour le rapporter à la maison, lorsque, du côté par lequel étaient venus les Allemands, une berline arriva.

Il s'y trouvait deux messieurs, deux Anglais, portant le brassard de Genève.

On n'a jamais su leurs noms. L'un devait être un personnage d'importance, vous en aurez tout à l'heure la preuve; l'autre, un médecin, correspondant avec la presse de Londres. J'ai su plus tard, à Vienne, qu'on les nomme des *reporters*.

C'était de ceux-là surtout que les Prussiens avaient peur. Quand nos feuilles nationales divulguaient leurs brigandages, ils étaient furieux et s'en défendaient, tant bien que mal, en alléguant l'exagération, le dépit des vaincus. Mais ces grands journaux anglais, dont les récits devaient paraître bien plus véridiques, et qui se lisent dans tout l'univers, ah! ah! voilà ce qui déshonorait bien autrement les vainqueurs!

Cependant, grâce aux secours empressés des deux inconnus, le père Remy fut ramené dans sa demeure. Il y reprit connaissance, et leur raconta conjointement avec Catherine ce qui venait d'arriver. Vous devinez l'indignation des deux gentlemen.

« Montez avec nous dans la berline, dirent-ils. A Gérardmer, nous vous ferons peut-être rendre justice. »

On alla droit à la maison où s'était logé le colonel. Un prince, s'il vous plaît!

Après une courte insistance, les deux Anglais furent admis devant Son Altesse.

Catherine et son grand-père étaient restés dans l'antichambre.

Les éclats d'une vraie colère de prince ne tardèrent pas à frapper leurs oreilles.

Puis, la porte du salon s'étant ouverte :

« Capitaine, commanda-t-il à l'un de ses officiers, faites diligence pour qu'on arrête les coupables, et qu'avant ce soir ils soient jugés, punis. Ces messieurs attesteront que nous ne sommes pas des pillards! »

Quand je vous le disais, la terreur du *reporter* britannique!

Nos cinq emballeurs furent promptement retrouvés,

et, pour ainsi dire, en flagrant délit. Les soldats étaient en train de revendre leur proie à quelqu'un de ces hideux juifs allemands qui brocantaient à la suite de chaque régiment. Derrière les vautours, les corbeaux.

Quant à la pièce de toile, c'est chez le brigadier qu'elle fut ressaisie, déjà sous une enveloppe à l'adresse de sa Gretchen.

Il achevait la lettre d'envoi.

Naïvement, le bonhomme Remy pensa qu'il allait tout de suite rentrer dans son bien.

« Pièces de conviction ! lui fut-il répondu. Vous et la demoiselle, témoins... Conseil de guerre ! »

Une heure plus tard, il s'assembla. Le colonel présidait, ayant à sa droite le capitaine qui venait si lestement d'instruire l'affaire.

Devant eux, sur une table, on avait mis les principaux objets dérobés, y compris la pièce de toile.

Ils parurent l'examiner, l'apprécier en véritables connaisseurs.

Les débats furent menés rondement, à la prussienne.

Il va sans dire que les témoins s'efforcèrent d'atténuer autant que possible l'attentat dont ils avaient été les victimes.

Mais l'honneur allemand, fut-il déclaré dans le réquisitoire, exigeait une éclatante réparation. Il fallait un exemple.

Aux quatre soldats, vingt heures de piquet. Vous savez, le piquet prussien. Un supplice chinois. Et, naturellement, en plein air. Par le froid qu'il faisait ce soir-là, c'était presque un arrêt de mort.

Quant au brigadier, il serait passé par les armes avant le coucher du soleil.

Le soleil, dans quelques minutes, allait disparaître à l'horizon.

Juges et condamnés, tout le monde se retira, y compris les deux Anglais, que le prince emmenait probablement souper avec lui.

Il ne restait plus dans la salle, assombrie déjà, que le capitaine-rapporteur, qui remettait en ordre les diverses pièces du dossier. Ces bons Allemands font tout avec méthode.

Le père Remy attendait en silence la restitution. Voyant enfin qu'on ne lui en parlait pas, il s'avança pour renouveler sa demande.

« Demain ! demain ! fit le capitaine ; il faut que vous reconnaissiez chaque objet au grand jour... Nous entendons que rien ne vous manque... rien !... »

Et, majestueusement, il opérait sa retraite.

Un feu de peleton retentit au dehors. Justice était faite.

Catherine, péniblement impressionnée, s'appuya sur le bras de son grand-père, et tous les deux, sans plus d'insistance, ils sortirent.

Déjà les quatre autres condamnés étaient au carcan. Il gelait à pierre fendre.

Pendant la matinée du lendemain, Nicolas Remy tenta, mais en vain, d'arriver jusqu'au capitaine sous les yeux duquel devait s'effectuer la restitution.

Vers midi, les deux premiers escadrons repartirent, le colonel en tête.

Catherine se rencontrant sur son passage, il parut la

reconnaître, et daigna même l'honorer d'un gracieux sourire.

Une heure plus tard, les deux Anglais se remettaient également en marche pour leur charitable campagne.

Assurément, leurs protégés n'avaient plus rien à craindre.

Telle était aussi la croyance du bonhomme Remy. Le troisième escadron restait jusqu'au lendemain matin ; le capitaine en était.

Il le reçut enfin. C'était dans une chambre où se trouvaient rangés, étiquetés, tous les objets qu'on devait lui remettre.

Hormis, cependant, la pièce de toile.

Sur l'observation qui lui en était faite :

« Rien de plus juste ! fit le Prussien d'un ton gouailleur, et je comprends que vous n'en perdiez pas la mémoire. C'était un travail exceptionnel, merveilleux, digne d'une princesse !... Aussi me suis-je permis de l'offrir au prince, qui a bien voulu l'accepter... pour sa femme ! »

L'honnête vieillard crut avoir mal entendu :

« Plaît-il ! Que me dites-vous ? Mais...

— Mais on vous la paye ! interrompit superbement le hobereau, qui venait de jeter sur la table une quinzaine de napoléons.

— Vous plaisantez ! ce ne serait pas même le prix du fil... »

A cette réponse, le capitaine entra dans une soudaine colère. Eh ! pourquoi se serait-il contraint davantage ? Les Anglais n'étaient plus là !

« Quoi ! s'écria-t-il, nous avons fusillé le brigadier... les soldats sont encore au piquet, aux trois quarts gelés,

livides comme des cadavres et ne valant guère mieux !
Sa Majesté le roi de Prusse a perdu cinq de ses soldats
pour vous satisfaire, et vous n'êtes pas encore content !
Tarteiffle !... empochez cet or, et plus un mot... Sinon,
je vous expédie comme otage en Allemagne ! »

Et l'œil arrogant, le visage cramoisi, la moustache
hérissée, il montrait le poing, comme prêt à lancer la
foudre.

Le pauvre père Nicolas restait abasourdi. Il ne savait
pas encore que les Prussiens, à tous les étages de leur
fameuse hiérarchie, sont au fond les mêmes. Des
formes différentes... un peu plus d'hypocrisie... voilà
tout !

Cependant, comme le bonhomme est vif, il allait se
révolter peut-être.

Heureusement Catherine était là. Elle lui mit une
main sur la bouche, et l'entraîna au dehors.

Déjà sa main avait ramassé l'argent. Il le fallait pour
sauver son grand-père :

« Dérision ! balbutia-t-il, mais c'était ta dot !

— Je recommencerai, répondit-elle. Et, d'ailleurs,
nous ne savons pas ce qu'est devenu Ioseph ! »

IV

LA REVANCHE DE IOSEPH.

Quelques jours plus tard, poursuivit-il après un
nouveau silence, lors de la capitulation de Metz, ils
apprirent que j'étais au nombre des survivants.

On me déporta tout au fond de l'Allemagne, dans la Saxe, presque sur la frontière de l'Autriche.

Il y avait là des bois. C'est mon élément. Le Mohican s'évada.

Gagnant la haute Italie, je me rapatriai par Marseille, Un suprême effort allait se tenter : je voulus en être.

Et j'en fus, dans l'armée de Bourbaki, comme lieutenant.

Une rude et douloureuse campagne, mais qui, cependant, avait bien commencé. Au combat de Villersexel, on me décora.

Il nous fallut battre en retraite. Et quelle retraite! Pas de pain, des souliers de carton, vingt degrés de froid, dans la montagne et dans la neige !

Mais nous étions groupés avec quelques montagnards capables de supporter l'épreuve. Les dernières balles tirées contre les Allemands sortirent de nos chassepots.

N'ayant plus de cartouches, harassés de fatigue, ce ne fut que sur le territoire suisse que nous tombâmes.

Ah! Monsieur, les braves gens! Comme ils nous ont soignés, consolés! Si la France ne leur en garde pas une éternelle reconnaissance, elle sera bien ingrate !

Je fus recueilli par un médecin du canton de Berne. Sa sollicitude n'eut pas été plus grande pour son propre enfant. Ce fut lui qui m'amputa de l'avant bras. Mais j'avais reçu d'autres blessures, une surtout dont je faillis mourir. La convalescence fut longue et demanda beaucoup de ménagements. Je ne pus retourner chez nous que vers l'automne. Mon père était venu me chercher.

Je ne vous peindrai pas la joie de Catherine, ni la mienne.

« C'est un invalide qui te revient ! lui dis-je.

— Raison de plus pour t'aimer, me répondit-elle, et pour être fière de toi ! »

J'étais encore trop affaibli pour brusquer le mariage. D'ailleurs, il était facile de comprendre que le bonhomme Glam persistait, sans en rien témoigner, dans sa condition des mille écus.

Catherine alla d'elle-même au-devant de ses vœux.

« J'ai recommencé une autre pièce, lui dit-elle un jour, nous attendrons !

— Bien ! s'écria-t-il, je te sais gré de cette sage inspiration, mon enfant. Vois-tu, se départir d'un chiffre arrêté entre honnêtes gens, ça porte malheur ! »

De mon côté, je songeais à l'avenir. Mon infirmité me détournant de la vie forestière, il me fallait une autre industrie. Celle des toiles s'offrait naturellement. Déjà très-importante à Gérardmer, elle le deviendra bien plus encore. Un de mes camarades, associé de ses oncles, tient à Paris notre principal comptoir. Je résolus de passer un an chez eux pour apprendre le commerce.

J'y réussis au point d'inspirer une telle confiance que, dès mon retour, ce fut à qui m'offrirait des capitaux, toutes sortes de facilités pour la création d'un tissage mécanique. L'usine sera promptement achevée ; j'en dois être le directeur.

En attendant, comme mon séjour en Suisse m'avait perfectionné dans la langue allemande, notre syndicat m'offrit de le représenter à Vienne.

Il y a de singuliers hasards. C'est là, Monsieur, que

devait se terminer l'histoire, déjà peut-être un peu longue, que vous désiriez connaître.

Vous avez vu notre exposition. En avant, l'étalage des articles de choix ; en arrière, les grosses pièces, empilées ou déroulées de manière à former un petit salon pour les commandes.

Un matin qu'il y avait peu de monde dans les galeries, nous fûmes honorés par la visite d'un couple aristocratique.

L'homme, jeune encore, était de haute taille et d'aspect imposant. D'énormes favoris rougeâtres encadraient son visage aux traits rudes, au front carré. Il avait l'allure à la fois militaire et dogmatique. Je flairai le Prussien. Quelque officier supérieur.

Rien de charmant comme sa compagne. De la distinction, de la grâce, une véritable élégance, et dans son regard, dans son sourire, de l'esprit, de la bonté. Évidemment ce n'était pas une Prussienne.

« Monsieur, me dit-elle, je cherche vainement à rassortir une toile qui m'est venue de France... On devrait trouver chez vous la pareille... Mais non!... Non !... Je ne vois rien d'aussi fin, d'aussi parfait... Cependant, elle fut achetée dans les Vosges... N'est-ce pas, prince? »

Ce dernier mot me fit dresser l'oreille. Un pressentiment !

Je me retournai vers le prince, qui venait de répondre par un geste affirmatif, et, très-courtoisement, mais en le regardant bien dans les yeux :

« Il faudrait préciser, lui demandai-je à mon tour, ne serait-ce pas à Gérardmer?

— Oui. »

Ce oui fut articulé d'un ton sec et sans que le Prussien sourcillât. Mais il avait légèrement rougi.

Aussitôt cette pensée me vint :

« Gageons que je tiens mon voleur ! »

Ah ! ma foi, tant pis ! j'ai lâché le mot. Il s'applique non-seulement au brigadier fusillé, aux soldats réduits à l'état de glaçons, mais encore, mais surtout au capitaine, au colonel.

Il restait, d'ailleurs, un moyen de me convaincre que c'était bien celui-là.

« Madame, questionnai-je, cette pièce n'avait-elle pas une marque tissée dans sa trame ?

— En effet ! me répondit la dame. C'est, je crois, l'usage... Mais cette marque, nos marchands de Berlin prétendent ne pas la connaître...

— Je serai peut-être plus heureux... Veuillez me la dire !

— Deux noms...

— Lesquels ?

— Kate et Ioseph. »

Plus de doute ! Je savais que Catherine avait ainsi marqué la pièce qui représentait le complément de sa dot. Une signature incontestable

Le mouvement qui venait de m'échapper provoqua cette exclamation de la princesse :

« Ah ! j'étais bien certaine que nous retrouverions ici la piste !

— Oui, Madame... elle est retrouvée ! » répondis-je.

Mais c'était de nouveau vers le prince que se dirigeaient mes yeux.

En dépit de son flegme germanique, il était mal à l'aise.

« Alors, reprit la princesse, fixez le prix. Pour avoir une seconde pièce qui vaille la première, je ne marchanderai pas.

— La première n'a pas été marchandée non plus, fis-je avec un sourire.

— Hum ! »

Cette interjection venait du Prussien, qui semblait avoir un chat dans la gorge.

Quant à moi, je refléchissais au moyen de prendre ma revanche.

« Eh bien ! » se récria la dame, qui, n'étant pas dans le secret de la situation, commençait à s'impatienter.

J'avais un plan. Telle fut ma réponse :

« La provenance m'est connue, et l'ouvrière aussi.

— Ah ! c'est une ouvrière...

— Tout à fait exceptionnelle, Madame, et qui ne travaille qu'à ses heures. Il faut donc s'y prendre longtemps d'avance... et payer en faisant la commande.

— Qu'à cela ne tienne. Dictez le prix !

— Quinze cents francs.

— Vous entendez, prince ?

— C'est bizarre ! murmura-t-il en s'exécutant. J'espère qu'on donne un reçu.

— Comme de raison ! répondis-je ; je vais l'écrire. »

Et ce fut en ces termes :

« Reçu quinze cents francs pour une pièce de toile
« *prise* à Gérardmer en décembre 1870. »

Puis ma signature, ornée d'un superbe parafe.

Tandis qu'il acceptait le papier, je fis disparaître la somme dans le tiroir de mon bureau.

Oh ! mon intention n'était pas de le prendre en

traître, et j'allais le prier de lire. Mais ce fut inutile, il
lisait déjà. Ces Prussiens, quelque titrés qu'ils soient,
ne font jamais rien à l'étourdie.

Tout aussitôt ses sourcils se froncèrent, et cette protestation jaillit de sa moustache hérissée :

« Qu'est-ce à dire ? Mais on m'avait donné...

— J'en suis convaincu ! l'interrompis-je, mais on
avait omis le payement. Simple question de détail, et
que voici réglée... à votre avantage.

— Plaisantez-vous, Monsieur ?

— Nullement. C'est une bonne fortune que de ne
plus être un recéleur... même sans le savoir. »

Sa colère enfin éclata par cette menace :

« Mais songez donc à qui vous vous attaquez ! »

Très-poliment, mais avec une dignité souriante, je
lui répondis :

« Songez vous-même, monsieur le prince, que nous
ne sommes plus en guerre. Il y a des juges à Vienne...
et des journalistes de toutes nations, qui ne manque-
raient pas d'égayer leurs lecteurs avec le compte rendu
d'un pareil procès. Croyez-moi, ne réveillons pas de
tristes souvenirs. »

Il était temps que la princesse intervînt.

« Prince, dit-elle à son mari, n'étiez-vous pas attendu
au pavillon impérial?... Laissez-moi terminer cette
affaire... affaire de femme !... et qui s'arrangera tout à
votre honneur... Ayez confiance !... »

Et gracieusement, irrésistiblement, elle le poussait,
elle le reconduisait au dehors.

En maugréant quelques paroles inintelligibles, il
s'éloigna.

La princesse, revenant vers moi, me dit d'un air résolu :

« Je ne suis pas Allemande, Monsieur ; je suis Russe... Il ne reste pas de rancune entre nos deux nations ?

— Bien au contraire, Madame ! répondis-je ; elles ont appris à sympathiser en se combattant loyalement.

— Alors... comme je ne sais rien... dites-moi toute la vérité... »

Brièvement, je lui racontai l'histoire de la pièce de toile, y compris le châtiment des subalternes et le nouveau larcin des supérieurs.

Un instant, elle demeura songeuse. Je la surpris à murmurer :

« Infamie !... Et quand je pense qu'il pourrait nous en arriver autant ! »

Apprêtez-vous à rire du sergent Ioseph. Il s'écria spontanément :

« Nous serions là pour vous soutenir... et, bien qu'il ne me reste plus qu'un bras, je l'offrirais de grand cœur ! »

N'est-ce pas que c'était superbe ! Me voyez-vous offrant à la Russie l'alliance de la France !

Elle eut un sourire, et me répondit :

« Tout ce que je vous demande pour le moment, c'est d'accepter ma commande... »

Sur le bureau, sa main finement gantée venait de mettre une bourse.

« Il y a là-dedans plus que la somme, ajoutait-elle ; je serais heureuse si vous vouliez bien distribuer le reste à quelques-unes des victimes de cette horrible guerre ! »

11.

Qu'elle était touchante et belle en parlant ainsi ! Des larmes perlaient dans ses yeux. Il y en avait aussi dans les miens lorsque je m'écriai :

« C'est une mission dont je suis fier... surtout pour vous, Madame... et je l'accepte !... »

Puis, lisant sur son gracieux visage une prière qu'elle n'osait formuler :

« Laissez-moi vous assurer, que de moi-même, personne à Vienne ne connaîtra cette histoire.

— Merci ! » conclut-elle en me donnant la main.

Et elle disparut.

Voilà !

. . . .

J'ai tenu parole à la princesse... et, maintenant encore, je ne dis pas le nom du prince.

Nous nous marions demain ; je vous invite à la noce. Vous verrez le père Glam... le père Remy... Catherine !

Elle tissera une dernière pièce de toile... Vous savez pour qui... Mais, comme sa dot se trouve complète, l'argent sera placé pour devenir celle de notre première fille !

Oh ! ne souriez pas ! je veux avoir beaucoup d'enfants, et surtout des garçons !...

En s'exprimant ainsi, il regardait du côté de l'Alsace.

DRUMETTE

I

On écrit Drumettaz, mais on prononce Drumette, à la mode savoisienne.

C'est le nom d'un village gracieusement éparpillé sur l'orteil du mont Nivolet, entre Aix-les-Bains et Chambéry, dans un de ces délicieux vallons intermédiaires qui se dérobent aux regards du voyageur ne s'écartant pas des grandes routes.

Il faut prendre un sentier sous les saules, enjamber le ruisseau, gravir une première colline, puis redescendre à travers bois, à travers champs, vers des prairies plantées d'arbres. Beaucoup d'arbres à fruit, de magnifiques châtaigniers. Toute cette verdure vous laisse entrevoir çà et là des chaumières, des enclos, de rustiques villas ; enfin, sur un mamelon, le fier et charmant manoir de Drumette.

Il a sa légende... une légende moderne, et qui peut-être vous intéressera. Je commence.

II

C'était vers la fin du siècle dernier, en pleine révolution.

Le baron de Drumette, financier de mérite et l'un des directeurs de la compagnie des Indes, habitait Paris, où les gentilshommes savoyards, de même que leurs vassaux, allaient parfois chercher fortune. L'ayant faite, ou refaite, ils s'en revenaient, les uns comme les autres, vieillir et mourir au pays natal.

Dans cette bonne et pauvre Savoie, dont les mœurs patriarcales auraient dû servir d'exemple, le seigneur était moins un maître qu'un protecteur, un conseiller, parfois même un ami. On le respectait, on lui était dévoué, mais en conservant une sorte d'indépendance et de dignité traditionnelles. Rien de mercenaire ni de servile chez ce peuple honnête et laborieux. C'était librement, c'était par acclamation que, dans l'assemblée nationale dite des Allobroges, il venait de se réunir, il venait de se donner à la France.

Quelques jours après cet acte mémorable, dans la grande salle de ferme de Drumette, toute la famille du métayer, Jacques Guichard, assistait au repas d'adieu, à la bénédiction touchante de Claude, le plus jeune des garçons, le Benjamin, qui, dès l'aube du lendemain, partirait pour Paris.

Il n'avait guère plus de quinze ans. C'était le type accompli du jeune Savoisien, alerte et fort, candide et doux. La perfection de ses traits, la fraîcheur de son teint, ses beaux yeux bleus, lui donnaient l'air d'une fillette.

Frères et sœurs, oncles et tantes lui prodiguèrent encouragements et recommandations. La mère l'embrassait et pleurait. Elle en vint à murmurer tout bas :

— Il est si jeune !... et Paris si loin !...

— Bah ! fit le père, j'avais son âge, et nos aînés aussi, quand nous avons fait le grand voyage ! Est-ce que nous n'en sommes pas revenus, et chacun avec un magot bravement amassé là-bas !... Claude fera de même, et même avec plus de chance de réussite. Notre digne curé ne l'avait-il pas en affection ; ne lui a-t-il pas appris, non-seulement à lire, écrire et compter, mais encore un tas de choses au-dessus de son état ?... C'est presque un savant, notre Claude !... N'aura-t-il pas enfin l'appui de notre seigneur, qui est son parrain, et qui l'attend...

— Sans oublier, ajouta quelqu'un, sans oublier notre bonne demoiselle Emiliane, la fille de M. le baron, et, qui plus est, la marraine de Claude...

— Et sa propre sœur Claudine, renchérit un autre, Claudine qu'ils ont emmenée là-bas avec eux, et qui veillera sur son frère...

— Je sais... je sais bien !... objecta cependant la mère ! mais Claudine nous avait écrit, et de la part de ses maîtres, qu'il fallait retarder jusqu'à nouvel ordre le départ de Claude, vu que le séjour de Paris devenait périlleux pour les honnêtes gens... Il y a plus de trois mois de cela... Depuis lors, pas de nouvelles !... Nous vivons si retirés dans notre montagne, qu'on n'y sait rien de rien... Si quelque danger...

— Pour un enfant !... interrompit son mari, pour un paysan !... La malechance, s'il y en a, n'est à craindre que pour les gens de noblesse ou de fortune. D'ailleurs, il ne partira pas seul... Toute une bande de jeunes gars du voisinage s'en vont avec lui... C'est l'occasion qui m'a décidé... Elle ne se représentera pas de si tôt !... Voudrais-tu qu'on puisse dire, alors que les autres n'hésitent pas, que notre fils a peur? Non, femme, non, tu ne le voudrais point.

— Non ! s'écria Claude lui-même, avec un éclair de courage dans le regard ; non, ma chère mère, on ne le dira pas ! Les camarades viendront me chercher au point du jour... Laisse-moi m'éloigner avec eux !

Puis, avec un généreux et doux élan du cœur, il ajouta :

— Qui sait !... on a parfois besoin d'un plus petit que soi... Qui sait si Dieu ne me permettra pas d'être utile à ma sœur Claudine... à la demoiselle...

La demoiselle, c'était la fille du baron... c'était Émiliane de Drumette.

— Bien dit ! conclut Jacques Guichard, l'enfant a parlé comme un sage et comme un brave !... C'était convenu, d'ailleurs, c'était résolu ! Allons, mes amis, buvons un dernier verre à l'heureux voyage des enfants de la montagne !

Une heure plus tard, l'assistance s'était retirée. Déjà le soleil avait disparu. La nuit venait. Une belle nuit d'été, une nuit limpide et toute resplendissante d'étoiles.

Jacques, qui devait faire la conduite à son fils, ne tarda pas à s'endormir. Il en fut de même de Claude, après qu'il eut reçu les dernières instructions de sa mère. Elle seule veilla, préparant le sac du voyageur, que parfois encore elle regardait sans bruit, avec un soupir, avec une larme.

Au moment où les premières lueurs de l'aurore empourpraient l'horizon, un joyeux chœur se fit entendre devant la ferme. C'étaient les compagnons de Claude qui l'appelaient.

Il y eut un dernier épanchement. Puis, cet adieu, dans un sanglot :

— Mon enfant !... mon pauvre enfant ! que Dieu te conduise et te protége !...

Après une demi-heure de marche, les émigrants s'arrêtèrent, regardant une fois encore le coteau natal, qui bientôt, au détour de la route, disparaîtrait.

Sur la cime, dont la silhouette se dessinait en bleu sombre sur l'irradiation du soleil levant, on distinguait des ombres humaines agitant des signaux. A l'écart, une femme était agenouillée.

— C'est ta mère qui prie pour toi, dit Jacques.

— Ah ! s'écria Claude, sa prière me portera bonheur !

III

Franchissons l'espace et le temps. Nous sommes à Paris.

Le Paris de 93.

Claude Guichard s'est fait indiquer la rue ; il arrive devant l'hôtel, et, non sans un premier étonnement, lit

cette inscription charbonnée au-dessus de la porte co
ch**è**re . *Propriété nationale.*

Il entre. La cour est occupée par des hommes à figures
sinistres, armés de piques, portant la carmagnole et le
bonnet rouge. Dans un coin, quelques soldats commandés
par leur sergent.

Sa figure, ombragée par une épaisse moustache,
réveilla comme un vague souvenir dans l'esprit de
Claude.

Bien trop ému pour s'en rendre compte, il s'avança,
demandant d'une voix timide :

— Monsieur le baron de Drumette, s'il vous plait?

Un grondement se fit entendre parmi les sans-cu-
lottes.

— Il n'y a plus de baron, dit l'un d'eux.

— Plus de monsieur, dit un autre.

— C'est juste... excusez-moi !... balbutia le jeune
Savoyard, qui durant son voyage s'était mis au fait des
exigences du jour. Je voulais dire le citoyen Drumette.
Indiquez-moi, de grâce, où je puis le trouver.

— Où sont les traitres, répondit le plus farouche de
la bande, où sont les ennemis de la France.

— Et la demoiselle? osa questionner encore l'adolescent.

— Il n'y a plus de demoiselle ! s'écria la même
voix.

— Et ma sœur Claudine? murmura notre pauvre
agneau fourvoyé parmi ces loups.

Ils commençaient à se fâcher, lui montrant déjà les
dents.

Le sergent intervint :

— Camarades, commanda-t-il à ses hommes, aidez-moi donc à flanquer à la porte ce galopin-là !

Et lui-même, donnant l'exemple, il prit Claude par les épaules et le fit pirouetter sur les talons pour le pousser dehors ; mais, après un clignement d'œil à son adresse, et lui disant tout bas :

— Attends-moi dans la rue... Quand je sortirai, emboîte le pas... mais à distance et jusqu'à ce qu'un signe t'appelle à l'ordre... Motus !

Notre héros n'était pas encore revenu de sa surprise, qu'il se trouvait déjà sur le trottoir. Où donc avait-il entendu cette voix... cet accent du pays ?

Au bout d'un quart d'heure, le sergent reparut en dehors de l'hôtel, regarda de droite et de gauche, et voyant que Claude attendait de ce côté, le rejoignit et le dépassa, sans paraître l'avoir reconnu, s'éloignant d'un pas cadencé, mais superbe.

Le jeune Savoisien n'eut garde de manquer a la consigne, et, tout en l'escortant, il l'examinait, il l'admirait.

C'était un beau militaire, alerte et d'une désinvolture martiale. A peine avait-il vingt-cinq ans.

Il tourna plusieurs rues, atteignit un boulevard presque désert, et, se retournant enfin, attendit à son tour.

Claude s'empressa d'obéir à ce muet appel.

— Accoste !... lui dit le sergent, et dévisage-moi de près. Ne me reconnais-tu pas ? Voyons, Claude Guichard ?

— Jean-Marie ! s'écria Claude.

— A la bonne heure ! fit le sergent. Jean-Marie Guéret, dit Belicrose, né natif de Chambéry, presque un cousin.

Nous sommes tous cousins là-bas !... Je suis donc bien changé ?

— A votre avantage, sergent... L'uniforme, qui vous va si bien... Et puis, les moustaches, le sabre, enfin tout !...

— En avant !... marche !... interrompit Guéret, nous pouvons causer maintenant.

Le jeune Guichard ne se le fit pas répéter deux fois, interrogeant aussitôt son guide.

— Quant à ta sœur Claudine, répliqua celui-ci, je te conduis vers elle. Mais quant au pauvre baron, tu ne le reverras plus. Ni, ni, c'est fini !... On l'avait emprisonné à l'Abbaye... Tu comprends !... Vous devez avoir entendu parler des massacres qui ont eu lieu dans le mois de septembre ?

— Non !

— Ah ça ! mais vous ne savez donc rien de rien au pays des marmottes ?

— Claudine avait écrit pour qu'on retardât mon départ... voilà tout. Nous ne savons rien de plus.

— Je conçois, fit le sergent, histoire de ne pas inquiéter ses parents, la brave fille !

— Comment ! reprit son frère, ils ont tué notre bon seigneur !... Il est mort !

— Avec bien d'autres victimes !

— Et son fils ?

— Il a pu leur échapper, Dieu merci ! Il est présentement à l'étranger.

— Et mademoiselle Émiliane ?

— Ne voulaient-ils pas aussi la mettre sous les verrous !... Il y a contre elle un mandat ! Ta sœur l'a

sauvée... Elle la cache, la protége et travaille pour gagner son pain. Quand je te dis, un cœur d'or !

A l'émotion du jeune soldat, il était facile de pres-
sentir que son cœur nourrissait une vive et profonde
tendresse pour Claudine.

— Enfin, conclut-il, c'est moi qui veille sur elles,
et j'ai là précisément, sous l'épinglette, un papier
qui, je l'espère, sera le salut pour toutes deux.

Son naïf interlocuteur n'en pouvait revenir encore.
Il lui fallut des explications. On arriva dans un fau-
bourg, et Jean-Marie, désignant l'étage supérieur d'une
maison de modeste apparence :

— C'est là, dit-il.

Mais presque aussitôt :

— Que vois-je !... fit-il avec effroi, un attroupement !...
Les pourvoyeurs de la guillotine !... Serait-il déjà trop
tard !...

IV

Le sergent avait précipité le pas.

— Soyons prudents, disait-il à Claude marchant à son
côté. Ne me quitte pas des yeux. Ne hasarde pas un
mot, pas un geste sans ma permission... Il y va de leur
vie et de la nôtre.

Comme ils arrivaient devant la maison, les sicaires du
comité de salut public pénétraient dans l'allée.

Ils reculèrent à l'apparition d'une jeune fille vêtue de
noir, et qui résolûment s'avançait à leur rencontre.

Sa ressemblance avec Claude était si frappante, qu'un étranger, les regardant tous les deux, aurait aussitôt deviné le frère et la sœur.

Mais tous les regards se concentraient en ce moment vers le seuil où paraissait devoir s'opérer l'arrestation.

Une espèce de commissaire formula cette question :

— La citoyenue Émiliane Drumettaz?

— C'est moi! répondit Claudine.

Le sergent ne put retenir un cri.

Claudine l'aperçut ; elle reconnut en même temps son frère ; et, portant aussitôt le doigt à ses lèvres, par un regard éloquent, elle leur imposa silence.

Puis, la tête haute et d'un pas rapide, elle suivit les envoyés du comité avec une impatience au moins égale à celle de son frère et du sergent.

Jean-Marie restait atterré.

— Je comprends! murmura-t-il ; elle les avait sentis venir !... elle se dévoue !... mais je la sauverai !... Toi, Claude, entre et monte... C'est au troisième... Une seule porte... Dis à la demoiselle que ta sœur est allée reporter de l'ouvrage, travailler en ville... qu'elle ne rentrera que ce soir... Attendez-moi... Je la mets sous ta garde !

Et comme la sinistre escouade disparaissait, il s'élança sur ses traces.

V

Claude, abasourdi par tant de malheurs imprévus le frappant coup sur coup, n'avait pas encore bougé.

Mais c'était un garçon courageux, intelligent ; il comprit son rôle.

L'attroupement se dissipait. Il pénétra sans être remarqué dans la maison. L'escalier le conduisit jusqu'en face d'une pancarte sur laquelle on lisait cette indication : *Claudine, modiste et lingère*. La clef se trouvait en dehors ; il ouvrit.

Personne dans la première pièce. Comme ameublement, quelques chaises de paille, une table sur laquelle des rubans, des étoffes, un travail interrompu. La fenêtre était ouverte. Plus de doute, c'était par là que la généreuse Claudine avait entendu, qu'elle avait vu les sbires. Ainsi que l'avait deviné Jean-Marie, une inspiration héroïque l'avait jetée au-devant d'eux.

Mais comment celle que préservait ce pieux subterfuge n'en avait-elle pas eu connaissance ? Où donc était Emiliane ?...

Une seconde porte était entre-bâillée. Claude la poussa sans bruit et, retenant son souffle, il regarda dans l'autre pièce.

Sur un lit de repos, Mlle de Drumette était étendue, immobile et comme anéantie. Elle dormait. Sa pâleur, son état d'épuisement, expliquaient ce profond sommeil.

Claude, s'asseyant au coin d'un tabouret, attendit dans un respectueux silence.

Un douleureux rêve oppressait l'orpheline. A travers ses paupières closes, des larmes s'échappaient. Elle s'agita tout à coup ; elle se réveilla, jetant ce cri de désespoir :

— Mon père !

Son premier regard rencontra le visage commisératif de l'adolescent.

Toute surprise, et sans doute abusée par la ressemblance, elle murmura :

— Claudine !

— Non, répondit-il doucement, Claude... qui vous est aussi tout dévoué. Ne le reconnaissez-vous plus ?

— Si fait ! Mais elle ?

— Elle est allée chez une dame, qui la retiendra jusqu'à ce soir... jusqu'à demain peut-être... Elle m'a recommandé de vous faire prendre patience et de veiller sur vous, en attendant son retour.

— Ah !

Il y eut un silence, durant lequel, avec un sentiment de profonde pitié, Claude contempla la demoiselle.

Elle s'était assise, non sans peine, au bord du lit de repos. Le chagrin, les angoisses avaient momentanément flétri sa jeunesse. Elle n'avait pas dix-sept ans. Ses traits amaigris et délicats, ses beaux yeux limpides, ses vêtements de deuil, sa tristesse même, la rendaient plus intéressante encore.

— Tu me trouves bien changée, n'est-ce pas ? lui demanda-t-elle.

— Mais toujours bien avenante ! répondit-il, et l'air si doux, si bon, qu'il me semble encore vous entendre appeler comme là-bas, avant votre départ, la bonne petite fée du pays... J'en arrive...

Et pour la distraire, il lui parla de ses parents, du château, du vallon, de la montagne.

Oui! murmura-t-elle, c'est là qu'étaient le bonheur et la paix!... Pourquoi l'avons-nous quitté!... Tu connais nos malheurs!... Mon frère parti! mon pauvre père assassiné!... Je suis maintenant seule au monde!

— Non pas! se récria l'adolescent; nous sommes là, Claudine et moi.

— Elle tarde bien à rentrer, fit Émiliane.

— Vous savez, notre demoiselle, pas avant ce soir... il ne faudrait pas vous inquiéter si son absence durait jusqu'à demain... Je la remplace... Avez-vous besoin de quelque chose, dites?... Eh! j'y songe, c'est peut-être l'heure du repas?

— Non, pas encore. Mais, toi-même, Claude?...

C'était un moyen de gagner du temps. Il avoua qu'il avait grand'faim, ce qui n'était pas un mensonge, et courut aux provisions. On dîna. Puis l'entretien reprit Des heures s'étaient écoulées. La nuit venait. Émiliane alluma la lampe. Elle disait de temps en temps : « Mais Claudine ne revient pas! » Claude pensait de même à l'égard de Jean-Marie. L'anxiété finit par les rendre muets tous les deux.

Vers les neuf heures, un air savoyard, siffloté dans la rue, monta jusqu'à la mansarde. C'était évidemment un appel, et qui ne pouvait venir que du sergent.

Déjà Claude était debout.

— Vous permettez? balbutia-t-il ; c'est un ami!... Je reviens dans un instant...

Et, sans même attendre la réponse, il se précipita vers l'escalier.

A l'étage inférieur, Claude rencontra le sergent.

— Eh bien ?

— Je sais où elle est... Je l'ai vue... On a des amis... Nous la sauverons... Mais elle exige que sa jeune maîtresse s'éloigne sans retard et que tu la reconduises au pays. J'apportais ce matin un passe-port au nom de Claudine Guichard et de son frère. Elle devait prendre l'habit d'homme... Te voici..., profitons-en... Rien de changé quant à la demoiselle, qui sera toujours Claudine... Mais il faut la décider à emboîter le pas dès demain matin... J'ai voulu te prévenir... Tâche qu'elle me reçoive, et nous arrangerons cela tous les trois.

Un instant plus tard, Jean-Marie, faisant le salut militaire, s'asseyait en face de Mlle de Drumette.

— Vous n'ignorez pas, lui dit-il, que je suis un peu le promis, fiancé de Claudine. Elle s'était compromise en vous donnant asile. J'ai saisi au vol une occasion de la faire filer en avant... comme qui dirait le fourrier préparant l'étape. Vous la retrouverez, soyez sans crainte... Mais il faut suivre ce garçon-là, qui me semble digne de vous servir de guide...

— Et je connais le chemin, fit Claude.

— Par ainsi, continua le sergent, soyez prêts tous les deux à la diane. Je viendrai vous prendre, et, comme on dit au régiment, vous enrouter... Assez d'explications !... pas de retard ! Le temps me presse. A demain !

Le sergent se retira, reconduit par Claude, qui reçut en bas ses dernières instructions.

— As pas peur ! conclut Jean-Marie, je réponds de tout. Si pourtant tu ne nous revoyais plus, ni moi ni ta sœur, tu peux en être convaincu d'avance, beau-frère, c'est que je serai mort en la défendant.

Et tous les deux ils s'embrassèrent.

Lorsque Claude rentra dans la mansarde, M*** de Drumette lui remit des assignats, de l'or.

— Cache cela dans ton sac, mon ami. C'est toute ma fortune. Te voici mon caissier.

— Et votre frère, mademoiselle !... ne l'oublions pas. Sauf votre respect, vous n'êtes plus maintenant que ma sœur Claudine.

— Ah ! qu'il me tarde de la revoir, fit Émiliane.

— Nous la rejoindrons. Elle nous attend. Prenez du repos, mademoiselle. Il vous faut des forces pour un aussi long voyage,

Et le brave enfant, repassant dans la première pièce, s'endormit sur une chaise.

Il faisait encore nuit close lorsque s'entendit au dehors le signal convenu, le même sifflotement que la veille.

La fausse Claudine ne tarda pas à paraître, enveloppée dans sa mante. Déjà Claude avait bouclé son sac. On trouva dans la rue le sergent ; on descendit vers le quai. C'était par le coche d'Auxerre qu'on s'éloignerait de Paris.

Après une suprême et cordiale étreinte, les deux futurs beaux-frères, si toutefois Dieu le permettait, se dirent tout bas :

— Bon courage !

Émiliane était bien faible encore, mais pleine de résolution, voire même d'impatience. A l'arrivée, elle espérait retrouver Claudine.

— Plus loin ! Ce sera plus loin, lui dit Claude.

12

Et l'on repartit en patache jusqu'à l'autre coche, celui de la Saône.

Il était temps ; la voiture (et quelles voitures dans ce temps-là !) avait brisé la jeune fille. Une fièvre ardente la dévorait. Elle se soutenait à peine en arrivant à Lyon.

Heureusement, son jeune guide y connaissait une bonne auberge, fréquentée de préférence par ses compatriotes. Il y avait séjourné en passant. L'hôtelière, une veuve, l'avait même pris en amitié. Elle accueillerait, elle soignerait au besoin la demoiselle.

Il en fut ainsi. Mais Émiliane voulut repartir dès le lendemain. Une crainte, un soupçon l'obsédait. Elle voulait absolument revoir Claudine.

Mais ses forces la trahirent. Elle s'évanouit. Claude courut chercher un médecin. Sa physionomie, après qu'il eut examiné la jeune malade, n'exprima rien de rassurant.

— Serait-elle en danger de mort! demanda Claude.

— Pas encore ! lui fut-il répondu : mais ce sera long, très-long. Ne désespérez pas... elle a pour elle sa jeunesse et... Dieu !

VI

Trois mois se sont écoulés. A la ferme de Drumette, on n'a reçu que deux lettres : l'une de Claudine, datée de Paris ; l'autre de Lyon, signée de Claude. Toutes les deux évasives et brèves: « Ne vous alarmez pas... A bientôt! » Aucune explication. On s'en gardait bien, dans ce temps-là ; c'était le temps de la Terreur !

Que s'était-il donc passé? Pourquoi Claude à Lyon? Le temps s'écoulait. Plus rien ! Toute la famille Guichard était inquiète.

Une après-midi, le village fut mis en éveil par le bruit du tambour. C'était l'avant-garde d'un régiment qui rejoignait l'armée des Alpes.

A la suite, le modeste équipage de la vivandière. Elle en descendit avec une jeune fille, vêtue comme elle, et qui sans doute était son adjointe.

Un jeune sergent lui offrit le bras, et, sans hésiter, se dirigea vers la ferme.

Jacques Guichard et sa femme, les enfants, les servi teurs, attirés par la curiosité, se tenaient avec eux sur le seuil.

Ces cris ne tardèrent pas à se faire **entendre :**

— Jean-Marie! Claudine!

Elle était déjà dans les bras de sa mère.

— Eh ! oui, s'expliqua le sergent, je n'ai trouvé que ce moyen-là pour l'arracher de là-bas, pour la ramener au pays.

Puis, avec un regard sur l'assistance :

— Mais, fit-il, je ne vois pas Claude?

— Où donc est la demoiselle? ajouta Claudine.

— Chut! fit le sergent.

On entra dans la ferme et, portes closes, des rensei gnements s'échangèrent, bientôt suivis de toutes sortes d'exclamations anxieuses...

-- Que sont-ils devenus?... Pauvres enfants ! Les reverrons-nous jamais !

Jean-Marie Guéret, dissimulant sa propre inquiétude,
s'efforça de les calmer, de les rassurer :

— Ce n'est qu'un retard. Ils arriveront à leur tour, et
bientôt!... Mais faites excuse... le devoir me réclame
pour régler la halte.

Il s'éloignait. Claudine le retint, et, s'adressant à ses
parents :

— Mon père, ma mère, leur dit-elle, c'est grâce à
Jean-Marie que je vous suis rendue... Je demande, pour
sa récompense, qu'il vous embrasse... et moi aussi.

Nous laissons à penser l'empressement du sergent.

— Pour lors, conclut-il en appuyant ses moustaches
sur les joues rougissantes de la promise, qu'il avait si
bravement gagnée, pour lors ce sera comme qui dirait
le baiser des fiançailles... Plus tard le conjungo, quand
la patrie, à son tour, sera hors de danger.

Et, non sans une larme de joyeux orgueil, il disparut.

Le régiment arriva vers le soir. A l'entrée de la nuit,
l'arrière-garde.

A la lueur des torches dont s'éclairait la marche, on
distinguait dans les rangs un brancard porté par deux
soldats.

— Quelqu'un des nôtres s'est donc blessé? demanda
Jean-Marie à l'un de ses collègues.

— Non, répondit le camarade, c'est une rencontre.
Au croisement d'un chemin de traverse, nous y avons
entendu des cris. Une cariole renversée, le cheval
abattu, le conducteur, un tout jeune garçon, appelant
au secours pour sa sœur malade, mourante, et que précisément il ramenait ici... Pour quiconque sait apprécier le soldat français, le reste se devine...

Sur le brancard, approchant en pleine lumière, Jean-Marie reconnut Mlle de Drumette, pâle comme une morte, et près d'elle, debout, Claude.

— Cette fois, à la ferme, la joie fut complète. On se retrouvait enfin tous ensemble.

Et cependant la demoiselle semblait bien malade. Après une longue syncope, lorsque ses paupières se rouvrirent, le regard qu'elle promena sur tous ceux qui l'entouraient parut avoir quelque chose d'inconscient, d'égaré. Avait-elle perdu la raison?

Tout à coup elle aperçoit, agenouillée devant elle, sa regrettée compagne. Un cri s'échappa de ses lèvres.

— Claudine!... Ah! je te retrouve donc enfin, ma chère Claudine!

Elle l'avait reconnue, celle-là. On la vit renaître sous les marques de l'amitié qu'elles se prodiguèrent.

.   .   .   .

Un instant plus tard, dans la grande salle, il ne restait plus que les hommes, y compris le sergent, qui venait d'opérer sa rentrée.

— Avance au rapport! dit-il à Claude.

Et dès qu'il l'eut entendu :

— Bravo! lui dit-il, pour ta première campagne! Elle est d'un heureux augure quant aux subséquentes, car tu revêtiras l'uniforme à ton tour... et, par le temps présent, futur beau-frère, c'est à l'abri du drapeau que doivent se ranger tous les gens de cœur!

Le lendemain Claude fit la conduite à Jean-Marie, qui paraphrasa cette belliqueuse exhortation tant et si bien que le soir, comme on demandait au jeune gars :

— Eh bien! que vas-tu faire ici maintenant?

12.

— Moi ! répondit-il, je vais me dépêcher de grandir et de m'instruire pour qu'on me trouve digne d'être soldat !

VII

Nous résumerons l'année suivante.

Mlle de Drumette, sous la douce influence du pays natal, a recouvré la force et la santé. Elle redevint charmante.

Rien de touchant comme sa reconnaissance, comme son amitié pour Claudine et pour Claude.

Elle a bien souvent répété :

— Si vous saviez comme il s'est montré bon pour moi durant ce terrible voyage !... comme il m'a protégée, soignée, sauvée !... Je serais morte sans lui !... C'était vraiment et ce sera toujours mon frère !

Ce titre, dont il est fier, Claude se garde bien de le récuser. Tel il est pour Claudine, tel il est pour Émiliane, voire même avec un surcroit de tendresse, de dévouement et de respect, qui rend son affection pour elle plus touchante encore.

Il travaille assidûment, tantôt avec le bon vieux curé de Drumette, tantôt avec la demoiselle, qui lui donne aussi des leçons. On dirait qu'il veut devenir un savant, ce brave Claude.

Ses progrès ne sont pas moins rapides sous le rapport physique. Il est si fort, il est si grand déjà, que vous lui donneriez vingt ans, bien qu'il n'en ait guère plus de seize.

Émiliane en a près de dix-huit; mais un jour qu'on lui parlait de son jeune frère, elle a répondu :

— Le protecteur devient l'aîné !... L'aîné de nous deux, c'est lui.

Elle habite toujours à la ferme ; on n'a pas voulu lui rouvrir les portes du château. Son frère est en exil. Prétexte à confiscation. Un jour la vente est affichée. Tout le village est présent, mais pas un acquéreur. Si fait, un seul, et qui se permet cette dérisoire enchère :

Deux assignats de cinq livres !

C'est un étranger. Le manteau dont il s'enveloppe, le feutre rabattu sur ses traits, le rendent méconnaissable.

— Qui donc es-tu, citoyen ? demande le notaire, contraint d'adjuger.

L'inconnu se décoiffe ; il se nomme :

— Je suis le baron de Drumette !

Quel tumulte aussitôt parmi l'assistance ! C'est bien le frère d'Émiliane. Il a voulu revoir son pays, sa sœur ; et, maintenant qu'il la sait vivante, au moins l'embrasser. Grave imprudence ! Des commissaires lyonnais sont à Chambéry. Ils peuvent terroriser jusqu'à ce vallon perdu. On les annonce pour le lendemain ; mais Claude accourt, donne l'éveil, et, par des chemins de montagne, il fait évader le proscrit.

Les parents sont glorieux de leur fils, mais non pas sans une certaine appréhension.

— Malheureux enfant ! a dit la mère ; s'ils allaient s'en prendre à toi, t'envoyer à l'échafaud !

— Ils ne me trouveront pas ici, répond Claude. Je pars cette nuit même pour aller rejoindre la légion des

Allobroges, où Jean-Marie m'attend. Comme il l'a dit :
Le régiment, c'est un refuge !...

— Quoi ! déjà nous quitter !... Te battre !... Mais
pourquoi ?

— Pour faire honneur à ceux que j'aime !

Le jeune volontaire a parlé pour tous ; mais c'est
vers Émiliane que s'est dirigé son regard.

VII

Dès le mois suivant, Jean-Marie écrivait à Drumette :

« Rien d'intempestif quant au conscrit : j'y ai l'œil. Et
d'ailleurs c'est un gaillard qui fera son chemin. Le voici
déjà caporal. »

Six mois plus tard, autre lettre du sergent :

« Je pourrais vous dire de Claude qu'il est présentement mon égal, si je ne venais d'être promu moi-même
au grade supérieur. On a l'épaulette. »

Ah ! c'est qu'on marchait vite dans ce temps-là. Bona-
parte, général en chef de l'armée d'Italie, réalisait ses
premiers prodiges. L'épaulette et les galons de nos deux
Savoisiens avaient été la juste récompense de leur bra-
voure à Montenotte, à Lodi.

On ne les revit pas après le traité de Campo-Formio.
Embarqués à Gênes, ils furent de l'expédition d'Égypte.
Ils s'y distinguèrent tous les deux. Le général en chef
avait remarqué Claude. C'était l'avenir.

Émiliane, interprète des sentiments de toute la famille,
ajouta pour son propre compte :

« Courage ! frère ; on est fier de toi, on pense à toi. Je suis de celles-là qui n'oublient pas. »

Mais, dès son retour, nouvelle guerre. La seconde campagne d'Italie. Au lendemain de Marengo, Claude était lieutenant, Jean-Marie capitaine, mais avec un bras de moins.

« Ce n'est que le gauche, fit-il écrire ; j'espère que Claudine se contentera d'un mari qui ne peut plus lui offrir que la main droite, mais dont le cœur ne battra plus désormais que pour elle. »

Claudine s'empressa d'accepter. La noce et la paix ramenèrent les deux vainqueurs au pays. C'était la première fois, depuis cinq ans, qu'on y revoyait Claude.

Quel changement !... C'était un charmant officier, aussi beau que Mars lui-même, pour parler le style d'alors ; et, comme dit M. le curé, qui parlait toujours celui de l'ancien régime, tellement accompli, qu'il avait des airs de gentilhomme.

— C'est un lion ! c'est un héros ! dit son beau-frère. Il veut arriver, il arrivera très-haut. L'amour de la gloire... et peut-être un autre aussi. Il ne m'a rien avoué... mais je lui soupçonne une secrète ambition dans le cœur.

Émiliane n'eût su dire pourquoi, mais elle avait rougi.

Claude baissait les yeux. En dépit de sa transformation, c'était encore, ce serait toujours le même ami modeste, discret et doux. Émiliane était toujours pour lui la demoiselle.

Au sortir de l'église, comme elle se trouvait l'avoir pour cavalier :

— Vous souvenez-vous, lui dit-elle, de notre premier

voyage ? Je m'appuyais ainsi sur vous, déjà confiante alors... aujourd'hui glorieuse.

— Vous! mademoiselle.

— Il n'y a plus de demoiselle... Je ne suis guère qu'une paysanne, recueillie, adoptée par vos parents, que leur bon cœur a faits mes égaux. Je suis descendue, tandis que vous montiez, Claude...

— Jusqu'à vous! s'écria-t-il involontairement. Oh! non, pas encore.

Elle s'arrêta, se tourna vers lui sans quitter son bras, et les yeux dans ses yeux, lui tendant la main :

— J'attendrai, fit-elle.

Et ce fut tout. Mais comme ils s'étaient compris !

IX

Les grandes guerres du premier empire entraînèrent de nouveau le jeune officier. Pendant quelques autres années, on ne devait plus le revoir.

Il était à Austerlitz, Iéna, Eylau, Friedland, Madrid, et montant encore, montant toujours.

En Italie, il était allé voir le baron de Drumette ; les chagrins de l'exil avaient miné sa constitution, et il s'éteignait lentement d'une maladie de poitrine.

Au lit de mort, le frère d'Émiliane avait écrit à sa sœur :

« Le commandant Guichard est un noble cœur. Tâche de lui payer ma dette ! »

Emiliane, comme pour ratifier cet engagement sacré, leva ses yeux en pleurs vers le ciel.

Elle avait alors vingt-six ans. Le calme et l'innocence de sa vie lui conservaient une sorte de grâce printanière.

Aussi, bien que le domaine restât sous le séquestre, de nombreux prétendants venaient s'offrir, et des mieux titrés, et des plus riches.

Elle les avait refusés, elle les refusait tous.

— Ah ça ! lui dit un jour le père Jacques, vous ne vous marierez donc jamais ?

— Qui sait ? répondit-elle.

— A la bonne heure, fit la mère Guichard, et quand enfin votre cœur se décidera, notre demoiselle, nous serons bien contente.

— Je l'espère, répondit-elle avec un sourire.

Et son regard alla chercher celui de Claudine... ou plutôt de Mme Jean-Marie Guéret, l'heureuse épouse du capitaine.

Un soir, quelques jours après la victoire de Wagram, on vit s'arrêter devant la ferme une chaise de poste. Deux officiers supérieurs en descendirent, dont un général.

Il demanda Mlle de Drumette, et lui dit :

— L'empereur m'a chargé de vous apprendre que le domaine paternel vous est rendu... mais à la condition d'épouser un de nos plus braves camarades, en faveur duquel il fait revivre le titre de baron de Drumette.

Déjà l'orpheline refusait du geste.

— Regardez d'abord le mari, s'empressa d'ajouter le général. Je vous l'amène. Il me suivait. Le voilà !...

Émiliane ne put retenir un cri de joie.

Cet époux, c'était celui qu'elle attendait, c'était le colonel Guichard.

Qu'est-il besoin d'ajouter? Ces beaux enfants qui jouent sur la pelouse ou dans le parc, ce sont les petits enfants d'Émiliane et de Claude. Ils affirment, bien mieux encore que ce récit, la légende du château de Drumette.

LA DENT-DU-CHAT

NOUVELLE

Au docteur *Guilland.*

1

Rien de pittoresque, rien de charmant comme les environs d'Aix-les-Bains.

Amédée Achard, notre aimable et regretté confrère, a décrit de main de maitre ce paradis savoyard, où la nature a réuni toutes ses merveilles : riantes vallées, lac bleu, torrents en cascades, superbes montagnes et forêts profondes, dont la sombre verdure se mêle à l'éclatante blancheur des neiges éternelles.

Voici là-bas, vers le midi, toute une chaine de glaciers voisins du mont Blanc, que nous cache le mont Nivolet. Sur sa cime, d'après la légende allobroge, s'arrêta l'arche de Noé. Un autre Ararat.

A sa cime, les crêtes abruptes d'où surgit le soleil

levant : il nous éclaire, vers l'ouest, un ravissant panorama, des jardins remplis de fleurs, des prairies avec
leurs rideaux de peupliers, toutes sortes de gracieuses
habitations, villas ou chaumières, que séparent et
qu'ombragent des milliers d'arbres. On dirait un seul
et même parc, y compris la jolie colline de Tresserve,
qui, s'allongeant en face du promeneur, le provoque à
gravir ses verts sentiers. A portée de la main, toutes
sortes de fruits. La vigne, suspendue de branche en
branche, semble offrir ses raisins aux lèvres. Parmi les
pampres et les feuillées, que d'oiseaux ! Linottes, char-
donnerets, pinsons et fauvettes accordent leurs concerts
au murmure des eaux qui, ruisselant à travers les gazons,
descendent en cascatelles de la hauteur. Nous y voici !
Nous découvrons enfin le lac !

Vous le savez. C'est le *Lac* de Lamartine, musique
de Niedermeyer :

> Un soir, te souvient-il, nous voguions en silence,
> On n'entendait au loin, sur l'onde et dans les cieux,
> Que le bruit des rameurs qui frappaient en cadence
>   Tes flots harmonieux...

Il est là, sous nos yeux, depuis le Bourget jusqu'à
Châtillon, deux manoirs en ruines. Dans l'intervalle,
l'abbaye de Hautecombe, où dorment les princes de la
maison de Savoie ; le château de Bordeau, qui, lors du
passage de Michel Montaigne, n'était déjà plus qu'une
manufacture d'armes où se faisaient, dit-il, des *espées de
grand bruit.* A présent, tout est agreste et paisible sur
cette étroite rive, qui bientôt se dresse et s'escarpe
jusque dans les nues. Çà et là, des cultures encore... un
village alpestre... une haute châtaigneraie... un bout

de pré, verte émeraude sertie dans le roc... quelques derniers chalets parmi les premiers sapins... une forêt de sapins, dominée par ce fantastique piton qui s'appelle la *Dent-du-Chat*.

Vous sentez venir le conte de fées. Il était une fois un animal apocalyptique, une autre bête de Gévaudan, qui ravageait le pays. Vint à passer Arthur, roi de la Grande-Bretagne, allant on ne sait où. Son secours fut imploré. L'intrépide chercheur d'aventures pourfendit le monstre, et comme on l'en glorifiait : « Baste ! répondit-il modestement, ce n'était qu'un chat ! » *Inde cognomen.* La Dent-du-Chat... le Mont-du-Chat, car c'est aussi le nom de la montagne.

Les habitants d'alentour lui rendent une sorte de culte superstitieux. Ils emportent son souvenir qui, loin du pays, repassera dans leurs rêves. Autrefois, deux amis associés pour courir ensemble les chances de l'émigration s'en allaient, la veille du départ, jusqu'au *Pic-qui-porte-bonheur ;* et là, près du ciel, les mains dans les mains, ils se juraient de tout supporter, de tout partager en frères.

Tel avait été le début des deux braves Savoisiens dont nous racontons l'histoire.

II

La saison des eaux touchait à sa fin. Déjà les grandes villas se fermaient. Une d'elles se rouvrit, louée de la veille par correspondance. Dès le lendemain, son nouvel hôte arriva.

C'était un malade âgé, débile, impotent. On l'avait amené de la gare en chaise à porteurs. Sa femme, une main passée entre les rideaux, lui répétait en marchant du même pas : Courage !

Deux domestiques suivaient : **camériste et valet de chambre.**

On apprit d'eux que leur maître se nommait **M. Philibert d'Angeliers...** que ce dernier nom était le nom de famille de Madame... que Madame donnait l'exemple de toutes les vertus... qu'elle était de beaucoup plus jeune que son mari... qu'ils étaient fort riches, et n'avaient qu'un fils unique, lequel voyageait présentement en Italie, etc... On s'était empressé de lui écrire dès le lendemain de l'attaque qui avait frappé son père... C'était la conséquence des épreuves du siége de Paris... Nous sommes en **1871.**

Le médecin et les quelques autres personnes admises dans cet intérieur reconnurent, ou du moins à peu près, l'exactitude de ces renseignements. La vue seule de Mme Philibert inspirait une respectueuse sympathie. Elle n'avait guère plus de quarante ans. Elle était belle encore, avec un de ces sourires qui ne viennent que des cœurs généreux. Il y avait déjà, parmi sa brune chevelure, des fils argentés, qu'elle ne dissimulait pas. Simple et digne, sans coquetterie comme sans orgueil, elle se faisait remarquer cependant par sa distinction native et par l'admirable dévouement qu'elle témoignait à son mari.

Il aurait pu être son père. Figurez-vous un vieillard rustiquement charpenté, aux traits durs, aux manières bourrues. Malgré l'affection rhumatismale qui le paralysait, tout attestait en lui l'impatiente activité d'un de ces hommes qui ont conquis leur fortune à force de travail. « Il est arrivé à Paris en sabots ! » disaient de lui ses gens, mais tout bas, car on le savait vaniteux. Ne se faisait-il pas appeler Philibert d'Angeliers !

Le fils survint dès le surlendemain. C'était un charmant garçon. Svelte, alerte, élégant ; le profil accentué du père, mais le sourire, le regard, la distinction, la bonté de sa mère. Ils étaient dignes l'un de l'autre, ils s'adoraient. Leurs embrassements l'attestèrent.

On s'empressa de parler du malade.

— Une heure après avoir reçu ton télégramme, dit le jeune voyageur, je quittais Naples. A Turin, j'ai trouvé ta lettre, chère mère...

— Rassure-toi ! l'interrompit-elle, cette amélioration que je t'annonçais se maintient... Aucun danger immédiat ne menace ton père... j'ai presque la promesse de sa guérison.

— Je puis le voir, n'est-ce pas ?

— Oui... il t'attend... Mais laisse-moi le prévenir que tu es là... Je t'appellerai dans un instant...

Mme Philibert rentra sans bruit chez le malade ; elle ne l'avait quitté que pour recevoir son fils ; elle ne tarda pas à rouvrir la porte, avec un geste à l'adresse de celui-ci.

On avait choisi pour M. Philibert la principale pièce de la villa, un grand salon devenu sa chambre à coucher. Les fenêtres donnaient de plain-pied sur une terrasse à l'italienne. Mais, comme il avait plu toute la matinée, elles étaient closes, et leurs tentures, à peine écartées, ne laissaient pénétrer à l'intérieur qu'un demi-jour favorable à la somnolence du paralytique.

Son fils aurait eu peine à le reconnaître, tant il était

changé, amaigri, accablé. Toute la partie inférieure du corps demeurait immobile sous les couvertures drapées autour de ses genoux. Il était assis dans un grand fauteuil la tête renversée en arrière, le visage morne et blême. Les yeux seuls, conservant leur vivacité, brillaient comme deux escarboucles sous de gros sourcils en broussailles.

— Arthur ! Arthur ! balbutia-t-il à l'approche du jeune homme, qui, se penchant vers lui, l'embrassait avec un pieux attendrissement.

Cette émotion avait gagné le vieillard. Il s'agita, se débattit dans un effort tendant à l'étreindre contre son cœur. Désespérant enfin d'y parvenir :

— Dieu ! sembla dire son regard, et ne pouvoir même plus lui serrer la main !

— Calme-toi, père ! dit le fils en s'agenouillant à ses pieds, les eaux d'Aix auront raison de ce douloureux engourdissement... Le docteur s'en est porté garant... Espoir ! patience ! Nous le seconderons, ma mère et moi... Une nouvelle jeunesse te sera rendue par nos soins affectueux et par le bon air et l'aspect du pays natal.

Mme Philibert porta vivement un doigt à ses lèvres. Le vieillard n'aimait pas qu'on lui rappelât son origine. Alternativement, il les regarda tous les deux.

Puis, sous l'impression d'un souvenir auquel sa défaillance ne lui permettait plus de résister, il murmura :

— La Savoie !... Oui... je sais... mais où sont les montagnes !...

— Depuis notre arrivée, expliqua la mère, une brume a voilé l'horizon, et c'est d'autant plus fâcheux qu'on m'a bien recommandé pour lui la chaleur du soleil...

— Le soleil ! fit joyeusement Arthur, eh ! mais le voici !

En effet, par une de ces brusques transitions fréquentes en automne, l'astre du jour, obscurci depuis le matin par les nuées, s'en dégagea tout à coup.

Le paralytique eut un cri d'enfant joyeux, comme un impossible élan vers ces doux rayons qui l'attiraient.

Arthur courut ouvrir, toute grande, l'une des fenêtres.

Puis, se retournant :

— Mère, proposa-t-il, si nous roulions le fauteuil sur la terrasse ?

— C'est l'ordonnance du docteur ! répondit-elle.

Et, tous les deux, ils exécutèrent l'ordonnance.

On ne distinguait que les premiers plans du paysage, au-dessous d'un brouillard qui, s'élevant du lac, masquait encore les hauteurs.

Tout à coup, attaqué par un vent plus vif, ce rideau de vapeurs se déchira, s'écarta, dévoilant la montagne en pleine lumière jusqu'au sommet, qui se profila, comme liséré d'or, sur l'azur du ciel.

A cette vue, des larmes ruisselèrent sur les joues du vieillard, et ravi, transfiguré par l'extase, il ne tarda pas à s'écrier :

— Le Mont-du-Chat !... La Dent-du-Chat !... La Dent-du-Chat !

Et ses mains se soulevaient pour le désigner. Il semblait, bien que le corps demeurât immobile, que déjà l'âme, ou tout au moins l'esprit se ranimait.

— Ah ! dit sa femme, je pressentais l'heureuse influence de la montagne où il est né !

Puis, devinant à certain regard inquiet le réveil aussi
de la vanité :

— Personne ne peut nous entendre, ajouta-t-elle, et
j'ai tout appris à notre fils pour qu'il vous honorât davantage...

— Oui, mon père, dit Arthur, je sais que tu es parti
de là pauvre et seul...

M. Philibert, frappé de ce dernier mot, l'interrompit :

— Seul?... non pas !.... j'avais un compagnon, un
ami... Gaspard Terraz !

Distinctement, mais avec d'autant plus de peine que
les souvenirs lui revenaient en foule, il poursuivit d'une
voix émue :

— Pauvre Gaspard !.. Je ne le renvoyai pas !.. Il voulut
retourner au pays... On se brouilla... Je devins riche,
et je l'oubliai... pendant quarante ans !... C'est mal...
Ah ! s'il avait eu besoin de moi !... Si ses enfants étaient
malheureux !... Je veux tout savoir !... Je veux le revoir !... et dès demain !... tout de suite !

Cette impatience généreuse fut aussitôt comprise par
le fils.

— Veux-tu que j'aille te le chercher, père?... Gaspard
Terraz, n'est-ce-pas?... Dis-moi le nom du village, et je
pars à l'instant.

— Demain, voulut objecter la mère, songeant à la
fatigue de l'arrivant.

Il l'avait oubliée.

— A l'instant !... poursuivit-il : mais vois donc comme
il semble déjà soulagé rien qu'en espérance !... Cette
rencontre et la bonne action qui peut-être en résultera,
vaudront mieux pour lui que tous les remèdes de la Fa-

culté !... **Toute** guérison, toute force vient du cœur !

Mme Philibert n'insista pas ; elle avait cette croyance aussi que la charité, que la bonté font toujours des miracles.

Dix minutes plus tard, Arthur, ayant repris ses guêtres et son bâton ferré de touriste, se mettait en marche vers le hameau que venait de nommer son père en lui désignant le *Pic-qui-porte-bonheur*

III

Arthur atteignit promptement le lac. Un canot le transporta sur l'autre rive, où, d'après les indications quelque peu confuses du batelier, il commença immédiatement son ascension.

Ce n'était point un *petit crevé*, comme on disait alors. Le ruban de la médaille Militaire, bravement gagnée à la défense de Paris, se voyait à la boutonnière de son veston de velours. Il faisait partie du *Club Alpin* ; il avait en réalité des jambes de vingt ans.

Les premiers escarpements furent lentement gravis : ce sont de magnifiques châtaigniers dont les branches, étendues au bord de l'abime, encadraient tour à tour le lac ou le ciel, suivant que notre voyageur regardait l'un ou l'autre. Un étroit chemin, taillé en lacets dans les flancs presque à pic du rocher, le conduisit vers des alpes, ou prairies hautes, tellement inclinées qu'elles eussent donné le vertige à plus d'une de nos lectrices. Çà et là, parmi les maigres buissons accrochés aux arêtes perçant le sol, on entendait gazouiller le rouge-gorge d'automne. Au delà commençait la **région** des sapins.

Notre héros la traversa d'un pas **rapide**. Il **marchait** depuis plus de deux heures, à peu près certain de ne pas s'être trompé. Cet espoir ne tarda pas à lui faire défaut. Engagé dans une sorte de labyrinthe, où tout chemin s'était perdu, il s'efforça vainement d'en sortir. Plus rien que des roches et des pierrailles. Une nature désolée, un désert. En cette saison, d'ailleurs, les montagnards redescendent vers les coteaux pour aider à la vendange. Les quelques chalets jusqu'alors aperçus par Arthur semblaient abandonnés. Comment obtenir un renseignement, un indice? Il grimpait, il grimpait toujours, sans rencontrer une créature vivante. Et la nuit allait venir,

Tout à coup, au débouché d'une crête aride, il découvrit en contre-bas, mais à distance encore, de la verdure, des arbres, une sorte d'oasis. Quelques **chèvres** y paissaient. Un troupeau suppose un **berger**. Le jeune Philibert courut dans cette direction, franchissant des crevasses ou sautant des rochers. Au dernier saut, soit qu'il eût mal calculé son élan, soit qu'une pierre roulât sous son pied, il trébucha, il tomba dans l'herbe en jetant un cri de douleur.

A cet appel, une forme enfantine se dégagea de la saulée qui bordait le ruisseau. C'était la bergère. Elle paraissait avoir douze ou treize ans. Elle avait les pieds nus, une robe de bure et ses cheveux épars pour tout vêtement. De beaux cheveux mordorés comme les châtaignes de sa montagne. Avec cela, des traits fins, de beaux yeux noirs. On eût dit Mignon. Mais une **Mignon** vigoureuse, alerte. En trois ou quatre bonds, que n'eussent pas désavoués ses chèvres, elle fut auprès de l'étranger, qui se relevait avec peine.

Elle le questionna d'une douce voix :

— Monsieur... vous paraissez souffrir... seriez-vous blessé?

— Ce ne sera rien ! répondit-il en s'efforçant de marcher; mais je crains une entorse...

— Une entorse !... s'écria-t-elle, comme c'est heureux que l'accident vous soit arrivé par ici, tout près de chez nous... Mon grand-père est un rebouteur... le plus fameux du pays !... Avec lui, les foulures... ça ne dure guère !... Voulez-vous que je coure le chercher?

— Non... si ce n'est pas loin, j'irai jusque-là... en m'appuyant sur mon bâton...

— Et sur mon épaule !... conclut la fillette, oh !... ne vous en privez point... J'ai de la force...

Ils se mirent en chemin. A plusieurs reprises, elle fit entendre un de ces cris aigus qui servent d'appel sur les hauteurs alpestres. Il la regardait, souriant à sa gentillesse, à sa bonne grâce, à son bon cœur.

— Comment vous nomme-t-on, mon enfant? lui demanda-t-il.

— Françoise, répondit-elle, ou plutôt, par amitié, Franceline.

— Puis, désignant une habitation qui devenait visible sous la feuillée :

— Voilà le chalet !... s'écria-t-elle, et voici grand-père qui s'avance à notre rencontre... Il m'avait entendue...

C'était un vieillard de haute taille, et qui se tenait encore très-droit. Plus de chair, rien que des muscles.

Sa physionomie, honnête et cordiale, portait l'empreinte d'une sorte de malignité rustique. Sa barbe et ses cheveux blancs lui donnaient l'air d'un patriarche.

Déjà Franceline, en s'approchant, lui avait expliqué ce dont il s'agissait.

Arthur ajouta :

— Je vous serais reconnaissant de me mettre à même de continuer mon chemin. Il est une personne que je cherche dans les alentours, et que je désirerais rencontrer ce soir...

— Quelle personne ? demanda le rebouteur.

— Gaspard Terraz...

— Inutile d'aller plus loin !... Vous êtes arrivé !... C'est moi...

IV

Gaspard Terraz avait fait asseoir le jeune inconnu. Arthur, tout en débouclant sa guêtre, expliqua sa visite et se nomma.

— Philibert ! s'écria Gaspard, vous êtes le fils de Philibert !... Et c'est lui qui vous envoie... Il ne m'a donc pas oublié !

— Avez-vous pu le croire !... reprit Arthur ; si mon père ne vous a pas donné plus tôt de ses nouvelles, c'est que peut-être il vous supposait quelque rancune...

— De la rancune !... Moi !... A cause de notre rupture d'il y a quarante ans ?... Mais sa colère même attestait son attachement, son amitié... Cependant j'étais

dans mon droit... n'ayant juré l'association que jusqu'à
concurrence de trois mille pistoles épargnées en commun... La somme acquise, j'ai exigé ma part, j'ai voulu
revenir au pays... Madeleine m'y attendait... Madeleine,
c'était la grand'mère de Francine... Hélas!... nous
l'avons perdue...

Il y avait eu tant d'émotion, tant de regret dans l'accent du vieillard, que la fillette, se rapprochant de lui,
l'embrassa, formant avec son grand-père un groupe
touchant. Après une pause, il poursuivit :

— Philibert ambitionnait la fortune... Elle récom-
pensa sa persévérance... Oh ! je suis au courant... Chacun de nos garçons émigrant vers Paris se renseignait
pour mon compte... Et puis, un vieux rebouteux, c'est
presque un sorcier... Je sais tout !

Tout en parlant ainsi, Gaspard *massait* avec art la
cheville et le jarret d'Arthur. Lorsque toute enflure
eut disparu, lorsque le sang, qui déjà s'extravasait, se
trouva repris dans le torrent de la circulation, il enve-
loppa tout le bas de la jambe dans des bandelettes. Puis,
se redressant le premier :

— C'est fait ! dit-il, relevez-vous... Marchez... Demain, rien n'empêchera que vous ne me conduisiez chez
votre père...

— Eh ! pourquoi pas dès ce soir ? répliqua le jeune
homme, tant il se sentait déjà soulagé.

Gaspard s'y refusa :

— Ne voyez-vous pas qu'il fait presque nuit?... D'ailleurs, il faut la part du sommeil... et de l'appétit...
Entrons!... Soupons !

Souper frugal : la *pollenta* traditionnelle, un cuissot
de chamois fumé, des œufs, un fromage de chèvre et,

comme boisson, du petit-lait relevé par une pointe de kirsch de merises sauvages. Franceline, active et discrète, remplissait l'office d'une vraie ménagère. Le vieux Gaspard, avec une hospitalière bonne humeur, décrivait les mœurs et les traditions montagnardes. Mais, quand son jeune hôte cherchait à le détourner vers le terrain de sa propre histoire :

— Nenni ! disait le vieillard, nous en causerons avec votre père... et, si bon lui semble, son fils écoutera... Nous aurons tant de choses à nous dire...

Il donna bientôt le signal de la retraitre, alléguant qu'il faudrait être debout avant l'aube.

Une couchette de fougère avait été préparée à l'étage supérieur, dans la chambre des amis.

Déjà le jeune Philibert s'y trouvait étendu, déjà le sommeil allait clore sa paupière, lorsqu'il crut entendre dans la salle basse un bourdonnement confus.

Il prêta l'oreille, il étendit la main.

Un vieux judas, entr'ouvert dans le plancher, lui permit d'apercevoir le grand-père et sa petite-fille agenouillés devant une image du Christ et faisant ensemble la prière du soir.

. . . .

Le lendemain matin, la voix de Gaspard sonna le réveil.

Arthur fut prêt en un instant. Il ne se ressentait presque plus de son entorse.

Franceline, suivie de ses chèvres, l'accompagna jusqu'à la lisière de la forêt.

— Si je l'embrassais ?... fit-il au moment de la quitter : puisque nos pères étaient presque frères... ne sommes-nous pas un peu cousins ?..

Et, comme il lui tendait les bras, l'enfant s'y jeta, confiante et joyeuse.

Trois heures plus tard, on arrivait à la villa.

A plusieurs reprises, M. Philibert avait demandé si son fils était de retour ; Madame commençait à se sentir inquiète.

La vénérable figure de Gaspard-Terraz lui inspira, dès le premier abord, une de ces sympathies qui deviennent promptement de l'amitié.

Quant au malade, son orgueil n'eut pas à s'alarmer. Le patriarche montagnard, revêtu de son costume des dimanches, avait des airs de gentilhomme.

Nous renonçons à peindre l'émotion des deux anciens associés, des deux *frères de la Dent-du-Chat*, en se revoyant après une si longue séparation.

Cependant, la joie de Philibert était obscurcie par le regret de ne pouvoir l'exprimer comme il l'eût voulu.

— Ne te chagrine donc pas!.. lui dit Gaspard, ce que tu me raconterais m'est connu. Je l'ai déjà dit à ton fils; chaque fois qu'un de nos jeunes gens s'en allait chercher fortune à Paris, je lui disais : « Informe-toi de Philibert, et regarde comme il a réussi... C'est un exemple! » Au retour, il me faisait son rapport. Je sais tout. Je sais comment tu as centuplé, dans les grands travaux de Paris, l'argent que je te laissai... les usines que tu as créées... les industries dont tu es l'honneur... et l'honneur aussi de notre chère Savoie !

— Alors, dit l'autre, évidemment flatté par ce juste éloge, alors pourquoi ne m'avoir jamais rien demandé? Tu n'es pas envieux, je suppose...

— Non... mais chacun a sa fierté... D'ailleurs, je

n'avais besoin de rien... La seconde **moitié de notre**
magot, ma moitié à moi... elle a fructifié aussi, **bien** que
plus modestement que la tienne... **Je suis devenu le**
richard de la montagne, qui, d'ailleurs, m'a conservé
la force et la santé.

— Oui! murmura le millionnaire avec amertume,
j'étais de cinq ou six ans le plus jeune... on me prendrait
aujourd'hui pour le plus vieux.

— Que veux-tu!... répliqua Gaspard, c'est le bon
Dieu qui distribue les lots... A chacun le sien... **Tu n'es**
que malade, tu guériras... C'est chose à moitié faite...
et quand je vois auprès de toi, d'un côté, un fils **tel** que
le tien... de l'autre, une femme telle que la tienne... je
pense, mon bonhomme, que tu aurais tort de te plaindre,
ayant eu aussi la grosse part de bonheur...

— Tu aurais été malheureux!... s'écria **Philibert. Au**
fait!... tu ne nous as rien dit encore de toi!... Parle...
Ma femme et mon fils, que tu as bien jugés, qui te connaissent, ne s'intéresseront pas moins **que moi-même à**
ton récit...

— Il sera bien simple, répondit-il. **J'étais revenu au**
pays pour Madeleine... Elle m'attendait... **Dieu nous**
donna dix années de paradis sur la terre, **et quatre**
beaux enfants... Quatre fils... La naissance du dernier
m'enleva sa mère... Pauvre chère femme!... Ah!...
je l'ai bien pleurée!... L'aîné de mes garçons **mourut**
tout jeune... Les deux suivants, tous deux soldats aux
bersaglieri, — nous appartenions encore au roi de Sar-
daigne, — tombèrent sur des champs de **bataille...**
Celui-ci, Novare... Celui-là, Solférino... Il ne me reste
d'eux que la croix du Mérite militaire qu'ils avaient
bravement gagnée l'un et l'autre... le dernier **est mort**

au pays... J'ai du moins sa tombe... et sa fille... ma petite-fille...

— Franceline !... dit Arthur.

Et, comme les larmes avaient momentanément interrompu le grand-père, ce fut lui qui traça le portrait qui fit l'éloge de la petite chevrière.

—C'est ma consolation !... reprit Gaspard, c'est la joie de ma vieillesse... Je ne dirai rien contre la mère... Elle s'est remariée... elle a d'autres enfants... On m'a quasiment abandonné celle-ci... Franceline est toute à moi !

— Je désire la connaître, dit Mme Philibert, il faudra nous l'amener... Je vous la demande pour quelques jours.

— Avec bien du plaisir !... répondit le grand-père, mais ce ne sera possible qu'au retour de notre maître d'école... Un fameux !... Durant les vacances, Franceline le remplace... et pour que les enfants n'oublient pas trop, elle tient quasiment la classe... en plein air, s'il fait beau... s'il pleut, à l'abri de quelque rocher... Ah !... c'est qu'elle en remontrerait à tous, voire même à nos grands garçons... Et si sage !... et si bonne !... Au printemps dernier, quand elle a fait sa première communion, on eût dit une petite sainte !

Le vieillard, une fois sur ce chapitre, ne tarissait plus. C'était là tout son orgueil.

En se quittant, on se dit : à bientôt !

Gaspard tint parole. Dès la semaine suivante, Franceline, conduite par lui, faisait son entrée à la villa.

Sous sa toilette de paysanne, elle était vraiment charmante. De la timidité, mais sans la moindre gaucherie. Une chevrette de la montagne.

M. Philibert lui-même en fut enchanté. Mais il l'effa-
rouchait. Pour l'apprivoiser, Madame l'emmena chez
elle. Avec une douceur, avec une maternité pleine de
charmes, elle l'interrogea, toute surprise de découvrir,
chez cette enfant de la nature, des connaissances, un
savoir que possèdent rarement à cet âge les demoiselles
instruites à la ville. Évidemment, Gaspard n'avait flatté
ni l'instituteur ni l'élève.

Et comme on l'en complimentait :

— Oh !... oh !... fit-il, c'est encore mieux sous le rapport de la musique. Mais faut être juste, l'honneur en
revient à M. le curé. J'avais offert à notre église un
orgue-harmonium, comme il dit. Lui seul savait en
jouer. Il eut l'idée d'apprendre à la petite... et pendant
la grand'messe du dimanche, c'est pour toute la paroisse
un vrai ravissement... Je serais bien aise que vous pus-
siez l'entendre.

Il y avait là un piano. La mère d'Arthur y installa
Franceline, qui, un peu confuse, mais sans se faire
prier, exécuta de souvenir tout son répertoire.

C'était peu de chose : quelques morceaux religieux
des maîtres italiens, et deux ou trois airs rustiques de
la Savoie.

Rien de savant ni de recherché dans le jeu de la
petite montagnarde, mais de la simplicité, de la ...... ,
un vrai sentiment musical.

— Elle irait loin, dit le grand-père, si sa destinée
n'était pas de vivre et de mourir sur quelque alpe du
Mont-du-Chat !

— C'est dommage !... murmura Mme Philibert toute
pensive.

Pendant la semaine suivante, elle garda Franceline,

qui acheva de lui gagner le cœur par toutes sortes de
qualités sérieuses : du tact, de la modestie, un caractère aimant et reconnaissant, beaucoup de délicatesse
et de droiture. Avec cela, la gaieté d'un oiseau.

Lorsque Gaspard revint, M. et Mme Philibert s'étaient
entendus.

— Voulez-vous me la confier tout à fait, proposa
celle-ci, je me charge de son éducation...

— Moi, de sa dot !... ajouta le millionnaire... Ah !...
c'est mon droit... de part notre serment au *Pic-qui-porte-
bonheur*...

— Ce serait le sien, insista la mère d'Arthur, ce serait
pour elle tout un avenir...

— Oui !... je le sais !... je le sens !... balbutia le grand-
père éperdu, mais sans elle que deviendrais-je !... Ne
plus la revoir ! ... jamais !...

Il lui fut objecté que M. Philibert, d'après l'avis des
médecins, reviendrait à Aix tous les étés. La villa venait
d'être achetée par lui. D'autre part, Gaspard Terraz n'aurait qu'à faire le voyage de Paris chaque hiver, il y
serait toujours le bien reçu.

— Je l'aimerai, je l'aime déjà comme mon enfant !...
dit Mme Philibert, elle sera ma fille...

— Et par conséquent ma sœur, s'empressa d'ajouter
Arthur.

Le grand-père finit par se résigner au sacrifice. Il
avait repris une dernière fois sa chère compagne, il la
ramena... pour toujours. On partait le lendemain. Vers
le soir, il dit à Franceline : « Joue-moi donc cet air... tu
sais... la *Grâce de Dieu* !... » L'enfant y mit plus de cœur
encore que de coutume, et le vieillard pleurait. Enfin,
se redressant avec un sanglot :

— Adieu!... s'écria-t-il. Ta mère t'a presque reniée...
Que te resterait-il après moi?... Adieu!...

Et, tandis qu'on emportait d'un côté la fillette, le
vieillard s'enfuit de l'autre.

V

Nous avons dit que Mme Philibert avait en partage
l'intelligence et la bonté. Ses connaissances variées, ses
talents d'agrément faisaient d'elle une merveilleuse institutrice. Elle voulut être celle de Franceline, qui s'en
montra digne. De pareils progrès ne se réalisent que
bien rarement. Ce fut, dès le premier hiver, une véritable transformation.

Terraz, par excès de discrétion, s'était abstenu du
voyage de Paris. Dès que rouvrit la villa Philibert, bien
vite il accourut.

Il avait eu peine à reconnaître sa fillette. C'était maintenant une demoiselle de quatorze ans, grande, élancée,
distinguée comme sa mère adoptive. Leur affection
réciproque était profonde et touchante. « N'en sois pas
jaloux, dit Franceline au vieillard, je ne t'en aime pas
moins, grand-père! »

On le revit souvent à Aix-les-Bains. A plusieurs reprises, Mme Philibert et ses deux enfants, — elle se plaisait
à les nommer ainsi, — montèrent jusqu'au chalet dv
Mont-du-Chat. Il va de soi que les pauvres désalentu irs
s'en ressentirent.

Quant à notre millionnaire, déjà presque gueri, tu:u

que marchant encore avec des béquilles, il allait faire
son wisth au casino, il recevait avec un certain faste.
Vous comprenez, un d'Angeliers !...

L'hiver suivant, on remarqua que ce titre avait disparu de ses cartes de visite. Il ne se l'attribuait plus,
même dans les grandes occasions. Quand on le lui
donnait, par flatterie ou malignement, un froncement
de sourcils, une certaine rougeur attestaient une vive
contrariété, des regrets qu'il n'osait s'avouer à lui-
même.

Mme Philibert souriait alors en regardant Arthur et
Franceline. Que s'était-il donc passé? Qu'espérait elle?
Dans son cœur, comme dans l'esprit de son mari, il y
avait un secret.

Gaspard se permit d'accepter enfin l'invitation de son
ancien associé. Nous ne raconterons pas la surprise du
vieux Savoyard revoyant la capitale après un intervalle
de quarante années. D'ailleurs, il ne regarda guère que
Franceline.

Elle grandissait en savoir comme en beauté, mais
sans en prendre le moindre orgueil. Toujours aussi
simple, aussi modeste, elle conservait en elle la frai
cheur et la douce gaieté du pays natal. M. Philibert
lui-même en raffolait. « C'est la joie de notre maison! »
disait-il.

Quant à Madame, sa promesse s'était réalisée. Ayant
une fille, — et tel avait été longtemps son vœu le plus
cher, — elle ne l'aurait pas plus aimée qu'elle n'aimait
Franceline.

Aussi, lorsque le millionnaire, orgueilleux de ses
millions, en faisait étalage devant le bonhomme Gaspard, celui-ci répondait :

— Le plus précieux de tes trésors, c'est le cœur de
ta femme... et celui-là, camarade, nous le partageons !
Il faut toujours, d'une manière ou de l'autre, que le
serment fait sur la *Dent-du-Chat* s'accomplisse !

VI

Deux années se passèrent ainsi. Notre petite chevrière
devenait tout simplement une merveille. On la surnom-
mait la *Perle de Savoie*, — la *Rose* — ou la *Fée des Alpes*...
une fée de dix-sept ans !

La situation, vis-à-vis de nos autres personnages,
était la même, toute cordiale et souriante.

Cependant, il y avait une ombre au tableau. Arthur,
qui lui témoignait autrefois l'amitié d'un frère, Arthur
était devenu tout à coup réservé, presque froid, presque
triste. On eût dit qu'il l'évitait. Une occasion s'étant
offerte de représenter certains intérêts de son père en
Amérique, il s'était empressé de partir. Au retour,
après une absence de six mois, sa mélancolie durait
encore.

C'était à la villa. Sa mère le prit à part et lui dit :

— Mon cher enfant, tu n'as donc pas retrouvé là-bas
la gaieté et le bonheur ?

Et comme il se taisait :

— C'était facile à prévoir, ajouta-t-elle en souriant,
Franceline ne restait-elle pas ici ?

— Ma mère ! balbutia-t-il tout troublé ; mais que sup-
poses-tu donc ? ma mère...

— Crois-tu que je ne t'aie pas deviné? répondit-elle en lui tendant les bras. Ingrat! qui ne m'avoue rien .. et qui va d'abord à son père!

— Ah! s'écria-t-il sous ses baisers, c'est que je voulais t'épargner mon chagrin... c'est que je prévoyais son refus.

— Il t'a donc refusé?

— Oui.

— Résolûment?

— De façon à ne me laisser aucun espoir.

— Bah! qui sait! Essayons ensemble... Je te soutiendrai. Viens!

Tous les deux, l'un sur l'autre appuyés, ils passèrent chez l'arbitre du destin d'Arthur et de Franceline.

Pauvre Franceline! un hasard voulut qu'elle se trouvât dans une pièce voisine, et que son nom prononcé à haute voix, lui fît involontairement prêter l'oreille. Elle allait tout entendre.

VII

Est-il besoin de le dire?... ce que la mère avait deviné, c'était l'affection d'Arthur pour sa sœur adoptive; ce que le père refusait, c'était le consentement au mariage.

Dès les premiers mots de son fils, il s'emporta de nouveau.

— Franceline! encore Franceline!... Jamais! Jamais elle ne sera la femme d'Arthur! Quelques milliers de

francs de dot!... Une cinquantaine, peut-être ! La belle
affaire ! Sa famille, d'ailleurs, n'occupait pas une position assez élevée... bien que logeant au pied de la
Dent-du-Chat... pour prétendre à notre alliance. Nous
avons des millions, nous autres, et si je les ai gagnés,
c'est dans l'espoir que mon fils jouerait un certain rôle
dans le monde... Je tiens moins à l'argent qu'à la pa-
renté, au nom ! Le nom !... ah ! voilà... Si j'ai pris une
femme sans dot, c'est que c'était une d'Angeliers ! Mais
Franceline Terraz ! jamais ! Je n'ai rien à dire contre
elle personnellement... au contraire ! Je lui rends justice... je l'aime... je la doterai... Vingt mille francs,
cent mille francs, s'il le faut... mais pour se marier
avec un autre que mon fils. Elle y consentira sans
peine, car c'est une fille de cœur... et qui ne voudra
pas porter le trouble dans une famille où elle a été si
généreusement accueillie. Ce serait de l'ingratitude !

A ce dernier mot le millionnaire s'interrompit, croyant
avoir entendu dans la pièce voisine un soupir, un sanglot... Arthur courut soulever la tapisserie. Non ! rien !
personne !... Le père allait poursuivre, quand Mme Philibert intervint ; et, très-calme, avec son sourire de
grande dame, avec sa douce voix :

— Mon ami, dit-elle, permettez-moi de vous soumettre à mon tour quelques observations... Arthur,
laisse-nous, mais ne t'éloigne pas ; je te rappellerai
peut-être...

VIII

Étonné, le jeune homme était sorti.

Dire son émotion, ses angoisses, ce serait impossible.

Jamais il n'avait entendu sa mère s'exprimer avec cette majestueuse autorité. Elle semblait certaine de réussir.

Arthur rôdait donc autour de la maison, lorsque tout à coup, par une porte de service, il en vit sortir Gaspard Terraz, qui, très-affecté lui-même, soutenait les pas chancelants de sa petite-fille, tout en larmes et très-pâle.

Ils allaient passer auprès d'une charmille, derrière laquelle s'était jeté le jeune homme.

— Emmenez-moi! disait la jeune fille, éperdue, grand-père, emmenez-moi! Je ne veux pas être une ingrate! Je dois quitter à l'instant et pour toujours cette maison... sans même l'avoir revu, lui!... sans le revoir jamais!...

— Alors, l'interrogea-t-il tout anxieux, alors, ma pauvre enfant, c'est donc que tu ne partages pas son affection?

— Ah! je n'ai pas dit cela, grand-père!

Sans vouloir en entendre davantage, Arthur se jeta au-devant d'eux.

— Franceline!... chère Franceline!... Ah! je suis

trop heureux. Ne partez pas ! Ma mère plaide en ce
moment notre cause... Attendons ! attendez !...

— Pourquoi ? répondit amèrement Gaspard , votre
père s'est prononcé... Je ne lui en veux pas... Il nous
estime ce que nous valons, l'enfant et moi... La sagesse
est de savoir rester à la place où le bon Dieu vous a
mis. Si l'argent suffisait à combler la distance, j'aban-
donnerais de bon cœur tout ce que je possède ; mais il
lui faut un titre de noblesse...

Une voix bien connue traversa l'espace, celle de
Mme Philibert :

— Arthur ! disait-elle, Arthur et Franceline, revenez !
Vous aussi, M. Gaspard... C'est moi qui vous en prie...
Je le veux...

Cette même et irrésistible autorité que l'épouse avait
su prendre vis-à-vis de son mari, elle la conservait à
l'égard de ses enfants.

Oppressés par un pressentiment qui tenait de l'espérance, ils obéirent.

IX

L'explication avait été des plus simples, mais des
plus catégoriques, entre M. et Mme Philibert. Elle avait
ainsi commencé :

Mon ami, j'ai tout dernièrement rendu visite à mon
vieux cousin, le baron d'Angeliers.

— Celui qui, par acte judiciaire, nous a défendu de
porter son nom.

— C'était son droit. J'ai obtenu qu'il y renonçât, mais en faveur d'Arthur... Mieux encore, il le reconnaîtrait, il l'adopterait comme son héritier, comme son petit-fils...

— Et vous n'avez pas accepté? Vous ne m'avez pas dit cela tout de suite?...

— Non. J'attendais...

— Quoi?

— J'attendais d'avoir choisi la future baronne d'Angeliers. Ce sera, si vous le voulez-vous bien, Franceline.

— Y songez-vous, Madame!

— Je n'en connais pas de plus digne... et mon vieux parent est de cet avis. Il l'a vue.. Elle ou pas d'autre... telle est notre condition.

Mᵐᵉ Philibert continua sur ce même thème, avec calme, avec déférence, mais avec l'accent de la résolution. Son mari ne répondait plus que d'un ton radouci. Il finit par courber la tête : il était vaincu.

C'est alors que, courant vers la fenêtre, elle avait appelé ceux qui se trouvaient dans le jardin.

Arthur et Franceline parurent sur le seuil, inquiets encore, mais déjà, comme en prévision de leur avenir, se nommant la main.

Derrière eux se montra Gaspard.

— Monsieur Terraz, lui dit Mᵐᵉ Philibert, mon mari me charge de la douce mission de vous demander, pour mon fils Arthur, la main de votre petite-fille.

Puis, aux deux jeunes gens :

— Mes enfants, embrassez votre père.

Cette fois le cœur du millionnaire se fondit. Il eut un beau mouvement :

— Qu'est-ce que je demandais, moi?... Rien que de

juste !... Mais c'est votre mère surtout qu'il faut remercier. C'est à elle que vous devrez le bonheur.

Déjà Franceline était dans les bras de Mme Philibert, qui, le front rayonnant de joie, lui disait :

— Ta mère ! oh ! oui, me voici bien réellement ta mère !

Quant à Gaspard, il serrait la main que venait de lui tendre Philibert. De l'autre et du regard, ils se montraient la crête de la montagne, éclairée dans ce moment par un beau rayon de soleil.

— Te souviens-tu ? murmura celui-ci ; nous nous l'étions juré...

— Pardieu ! répliqua l'autre, ça se tient toujours et quand même, un serment à la *Dent-du-Chat !*

TABLE

Original en couleur

NF Z 43-120-8

www.ingramcontent.com/pod-product-compliance
Lightning Source LLC
Chambersburg PA
CBHW051524050726
47503CB00014B/1334